白象文化

寶誼之心 3

冀求安寧的果報，是永續不滅的詛咒？
堆砌浩瀚的鉅業，就應漠蔑肘邊的平實？

一杯飲料／著

導遊寶誼

晃眼，寶誼已踏入第三步，無論您是從哪一步開始同行，都感謝您的參與。

感謝之餘，本人也在此卷，與閱者們做一些溝通，以求能促進各位融入書中的趣意。

首先是角色無定名。

本作進行至此，多數的角色，皆以故事情節中，該角色「當下的形貌」或是「外觀特色」，作「即時藉名」。

這樣的做法，也許會對閱讀造成一些困擾，然而，這正是我想要表現的部分：「現實中，對陌生人的第一印象。」

當然，配合著故事的進行，有必要定名的角色，我也會逐一為他們開名，以求輔合故事節奏，讓故事更形流暢。

然後是廣泛的「藉音取意」或是「取別衍意」。

為了避免過多的註釋，讓第三集看起來像是一本教科書，在此先列舉一些將於文中出現的字句，以利讀者們看到的時候，可以直接進行思考。

例如視（世）界、仿（訪）客、牲（生）物以及留（流）水帳，它們不僅是恰好取代了原有字的位置，而且讀音也都可以一樣。

如此刻意的做法，並非僅是為了玩弄文字，而是讓文字更能體現故事中的情境。

像「仿客」這個部分，實質上是在凸顯「假」的意思，暗示這個「看起來像是」客人的角色，其實「不是客人」或者是「不能將這個角色視為客人」。

而「留水帳」一詞，更是完全體現了，該角色在第一人稱時所表現出的態度。

它認為它所執行的事都是有意義的，它認為它從它每天處理的大量資料中，有「留」下東西、有「學」到東西，所以，它不認為，那些一般被視為龐雜無趣的生活瑣事，僅是「流去的水」。

除了同音之外，也有近音的聯想，像是靜（進）入、步（不）慎之音這樣的組合。

「靜入」，不僅是表現了「進入」了某個地方，同時也內含了「安靜」的意味，例如：「她安靜的走入了父親的書房」，又或是「他躡手躡腳的溜進了地下室」，都可以轉述為「她靜入了父親的書房」、「他靜入了地下室」，

這樣的做法，可視為將原本「進」的意思，與「入」濃縮在一起，再透過「靜」這個字，去強調「安靜」或是「刻意放輕動作」的樣子。

最後則是一些配合文意的特組詞彙，像是「一望奇意」，即是對該段落曾經描述過的各種姿勢，所凝匯出的總合，還有就是「二魂六魄」、「不見五指」等等，這些在不摧毀原詞含意之下的截改，都是我意圖去挑戰的部分。

其他像是「留方百世」或是「暫綻斷段」等等，也都是這個類屬的表現方式，在此，就免逐項說明，讓大家在閱讀上，能享有更多的自由與空間。

目錄

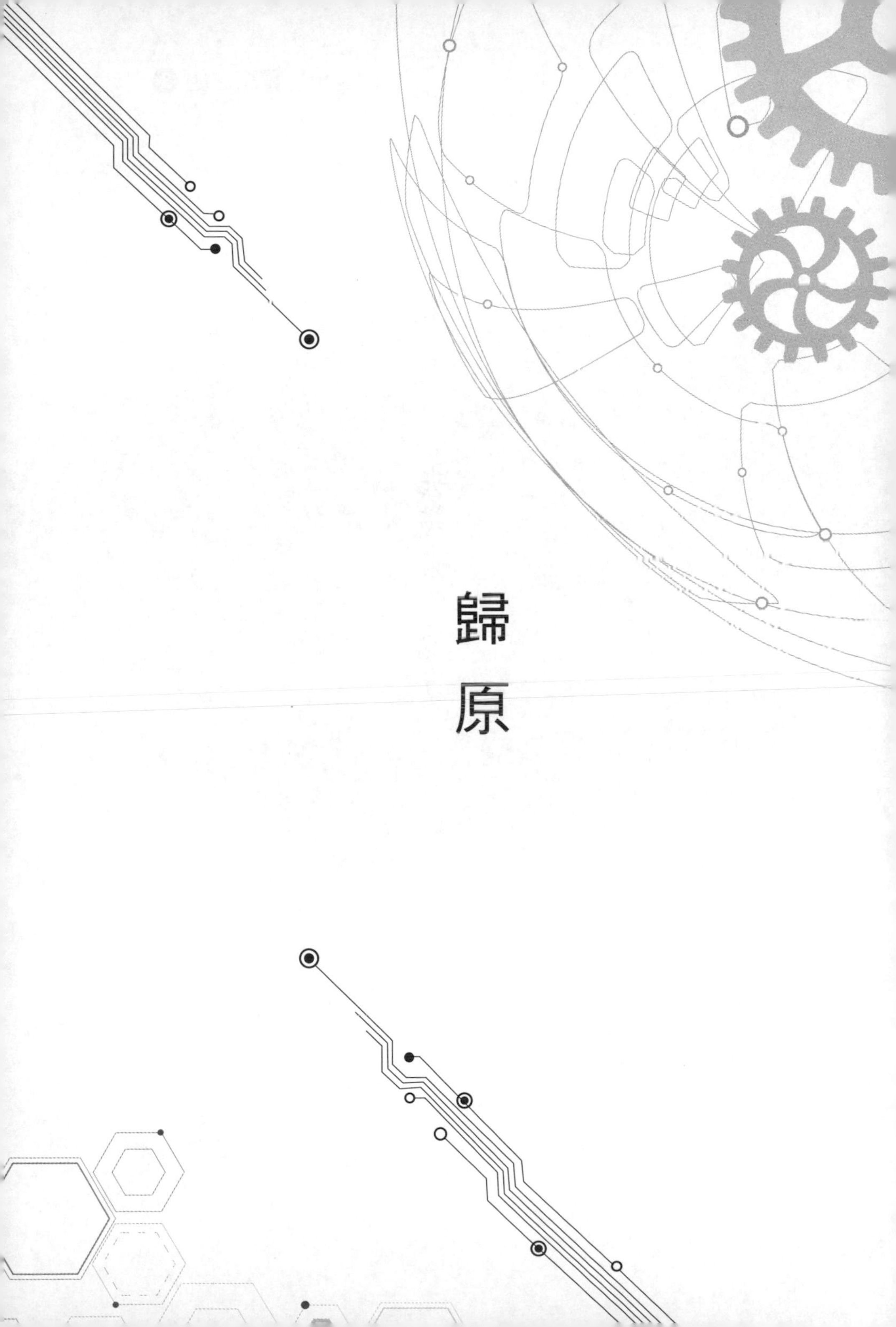

歸原

去該去的地方

伊甸，優善的代名詞，永安的象徵，幽謐在那遼原的一角。

蓬萊，亦虛亦實的存在，在那遙遠的年代，白浪滔滔的一隅，悠然而立。

苟覽著那些千篇一律的文字轉述，輕輕敲打沉靜多時的想像力，是要嘲笑遠古者的膚淺、溺於表象，還是冷嘆錮於現實的不可能？

像這種時候，就是不要想太多的時候。

你只需要捨去那些滑稽的遮陽玩具，你就會發現，那光芒，耀眼、卻不灼目。

再看看脛邊的植圃，你叫不出幾株草，但是它們的千奇百豔，就是令你身心舒鬆。

接著稍微抬起下巴，給那些從木沮肩撒手的喬先生（註1）們，行上注目禮，你馬上就會發現他們的慷慨，默許你隨意享用，那些攀懸在他們肘臂下的飽滿美實。

當你拉開身子，取下禮物的片刻，悠悠遊過的清風，順勢撫下你身上的升熱，掠過耳際的二三，更蘊含著某種旋律，旋得令你舒適，旋得令你流連。

1. 一般來說，有明顯的直立主幹，且高度達6米以上的木本植物，通稱「喬木」。

是的，你正置身在這悠然美園中，這名為伊甸的最初，亦為歸原的最終。

這最初的悠然，源自它簡單無紊。
這最終的悠然，足以擁納每一個躁動的靈魂。
這循序不息的悠然，總能觸及每個意識中，那最深層的原始，卻又不使其失控狂亂。

當你深進這浩瀚謐祕的懷抱，才會豁然秩序的真諦。
在這真諦之下，你就如那迎風的公英子、簌來則起，亦或枝頭上的待綻美苞、達時即開。

此時此刻，你再度成為自然的一部分，始續終余（註2）、靜動相諧。

瑰園流影

「林先生，一路上辛苦了，需要什麼飲料醒醒神嗎？」
聽得出是機械語音，卻抑揚著某種微妙的頓挫，若不追究它那超乎自然的字正腔圓，那它姑且就是真人發音。

---

2. 田中芳樹，《創龍傳》，1987。

被那機器人喚做林先生的男人，在位子上醒來，疊在他意識最上層的記憶，讓他反射性的檢查起自己的腳邊，一旁的機器人，親切顗點：「雜誌我幫您放妥在那兒了。」

林先生尷尬得扯了扯嘴角，道：「謝謝，白開水就好。」

一身雪白的機器人，應聲抬起兩肘，左手展轉成一個碟狀的小台，右手兩指一合，構成一個噴槍般的口器，朝著左手小台上剛彈出的紙杯，注進剔透的清涼。

林先生一口仰盡「白子」遞給他的清水，迅速打理了一下隨身的行李，跟著白子離開了列車廂，踏進那徐風悠悠的開放式月台：「林先生，恭喜您，您長久以來的辛勞，將在此畫上句點……歡迎來到緣吉，享受您應得的安逸與休憩……」

白子，在林先生前面引導，客套謙語，而林先生，早已魂魄騾離，瞠目咋舌，僵立在月台上。

從月台望向緣吉，看到的是一面生氣盎然的海洋。

那海洋綠得浩瀚，各種深淺，仿若羅列著某個奇妙的圖騰。

為數稍薄的紅與黃，猶是萬綠中的綴星，亦如映上綠海面的琥珀光，跟著盎然大洋，悠悠擺盪、隨興爍動。

各種植物的花果香，在那悠悠輕風中混而不亂。

當它們乘著悠風，幽進兩翼（註3）下，即自行秩序地，奏起那部未聞其名的交響詩，令你的嗅器如沐真泉，令你的心神安癒清暢。

林先生，被眼前的盎然壯闊深深攝定。

伴著悠風的沙沙窣窣，彷如接二連三的輕浪，浪得他魂縈九霄，浪得他想就這樣成為那浪的一分子……

白子，察覺了林先生沒跟上，轉身親切道：「抱歉，需要幫您拍張照嗎？」

「好……啊……你可以一起嗎？」

林先生，似是花了點功夫，才把自己的三魂六魄，從那綠色大海裡拖出來。

他回應白子詢問的時候，兩眼仍沒離開那浩然美林。

「沒問題。」

白子，從容的進入林先生右肩旁的空間，伸舉出自己的右手、將手掌折向自己，調整了一下高度，道：「看著我手掌中的那枚菱形，當您準備好表情和姿勢後，告訴我。」

「可以即時發送嗎？給我兒子……你有名字嗎？」

---

3. 鼻翼。

林先生，興致高昂的將右手搭在白子的右肩上。

「馬上就可以處理……我叫小六，需要附入文字說明嗎……」

完成了紀念性的留影，林先生跟著小六離開月台，一路上，小六行雲流水般的，逐一介紹車站內的設施，而林先生僅是「嗯、啊、哦」的四處張望。

林先生的目光，因亢奮而雀躍在站內各式各樣的穎奇未見之間，縱使他根本對不上小六的口述焦點。

然而，這前所未有的目不暇給，將他的情緒，懸在一個不知何謂低落的梢昂。

如此的居高飄然，讓他想立刻與某個人分享。

林先生，翻出無智通，同時也看到了他想要看的東西：妻子傳給他的訊息。

「對了，您太太稍早有來大廳等候您，我們跟她說隧道坍堵會延誤一些時間，所以她先回去了，她說會再傳訊給您，有收到嗎？」小六，分毫不差，捉在林先生點閱訊息的同一秒，向林先生確認。

林太太，稍長林先生幾歲，比他早入緣吉。

他們平常雖然都保持著聯繫，然而，人們之所以仰賴著科技的即時分享，正因於無法真切

的分秒相偕。

林先生看著「我先回去準備一些點心，會有你愛的燴小卷」，想要寫點什麼，隨著思考，他與林太太過去的林林總總，也開始默默攀向他意識的最上層。

挾拌思念、蘊含情愛的字句尚在構築中，沒停下的腳步，已隨著小六來到電子閘門前。

林先生不加思索地，將裝有票卡的輕便包，靠近讀取介面，介面掃描時發出的嗶嗶聲，將林先生的思緒，稍稍的頓了那麼一秒。

這一秒，似是關鍵，卻也無所緊要。

這一秒，林先生的回憶，正滯留在他與林太太的結婚喜宴。

這一秒，林先生對他周圍的視界，稍起了幾分疑竇：

「整個車站，只有我一個人？」

除了林太太，林先生也約了幾個比他早來緣吉的朋友，即使隧道坍堵會延誤時間，也總會有人算算時間再來的吧？

另一方面，林先生依稀記得，上車的時候，月台上也還有其他的旅客：

「就算沒人等我，也總有等著別人的人吧？」

林先生，回頭望了一下電子閘門的那一端。

又環顧了一下，空蕩得連多出一位小六都沒有的大廳，正準備啟口詢問，小六、再次精準地先發制人：「今天的狀況本來就比較特殊……同時又遇上隧道坍堵，所以才會這麼冷清……」

無巧不成，一位外型酷似小六的機器人，從他們面前路過，同時、跟著林先生瞥望小六二號的視線，我們也看到了那位在長椅上打盹的老人。

「接駁車已經待命了……您很快就能和親友們見面了……」小六，主動將林先生的焦點，從打盹老人那兒拉回來，拉到他們已經抵達的車站門前，拉到那正向著林先生撫送舒鬆的林蔭大道前。

車站大門，正對著那盎然森森。

從那森森隧道裡悠悠而出的熟悉清新，撫過站前廣場，輕撲了林先生一身。

這輕柔溫婉的撲而不倒，將他心中的憂疑，澈底解放。

輕風中，千百相織的花果秀（註4），比在月台上聞到的，更加濃郁、透神。

濃得林先生再次躍進那無法抗拒的受癒氛圍，透得他滿腦一片沉靜。

這前所未有的靜癒，消彌了他心裡所有的疵絜，林先生，現在已經完全不在乎，事先相約的親友們，為何沒一個在車站等他……

林先生，就這樣頂著滿腦沒來由的感幸（註5），和小六一同登上，那台久候他們多時的敞篷小巴士，深入那林蔭大洋。

路途中，小六維持著在車站時的專業素養，錙理分明地，為林先生細述著緣吉裡的林林總總。

雖然，它知道，林先生已經沒在聽。

林先生的聽覺，正在遲鈍。

小六的一字一句，一經過他的耳廓，彷如全都糊在鼓膜上，堆成一團，不清不楚。

---

4. 採用「秀」這個字，一方面是突顯「氣味中美妙的層次變化，就像是一場表演」，同時也是在提示「嗅」這個同音字，本身的意涵。

5. 感到幸福。

林先生所看到的東西，也逐一披上了薄紗。眼裡全是霧濛濛的，全身各處的皮膚，彷彿正被什麼東西給叮咬，陸續傳來，帶著緊麻的螫刺感。

唯一正常得過於尋常的，是從月台上就保持在巔峰的嗅覺。這高昂的嗅欲，讓林先生想大口吸進更多的緣吉芬芳，癲得他不由自主地，加深自己的每一次呼吸。

這無法言喻的嗜氧，更在他意識中催起另一種奇妙欲望：

「陽光……我好想多擁有一些陽光……」

這奇妙的欲望，策著林先生仰起脖子、面向著林蔭上方，那透著細碎陽光的一線天、搖頭晃腦。

「效果這麼快就呈現出來了……他這體質果然適合MD-01……」

小六，暗自觀察著林先生的各種徵象，估算著車程時間，控制著小巴士，在深綠隧道裡瞎繞，好繼續廢話連篇，拖到藥劑作用的臨界點。

林先生，一直張著嘴呼吸，他的唇區很快就燥了起來。

他覺得嘴唇燥得像是脫了點皮，於是想動動嘴唇、藉著門牙的鋒緣，刮去那乾翹的小唇渣。

但是，他臉上的肌肉，完全沒有理會他。

現在，它們除了將嘴撐大吸氣之外，似乎甚麼都不想做，這逼著林先生只能提起手，直接剝去那乾蛻未落的小唇渣。

林先生，隨著他對陽光的渴求，全身逐漸僵硬。

不單是臉上的肌肉，他的四肢，也貌似擁有了自己的意志，對他下達的任何指令，推三阻四。

林先生的筋絡，像是被注入了快乾膠，一個簡單的提手，也讓他使出了吃奶的力氣，才迫使那滿不甘願的右手、挺出大拇指，拙劣地抹下他唇角邊的那塊唇渣：

看起來像是某種植物的外皮。

他那駑拙的右手，在帶走唇渣的同時，更在唇角邊留下了一細綻縫，從那綻縫中微溢而出的，也不是顯眼的灼紅，而是某種透明的膠質體……

「需要再補充點水分嗎？我看您嘴唇有點乾……」

小六，貼心的問候，濃逸著昭然若揭的不懷好意。

林先生，現在兩眼癡滯，嘴張著像討氧的魚那般，臉一直保持向上。

就連剛剛撕下那塊小唇渣、弄破嘴唇，他也沒改變過那仰天長嘯的姿勢。

「水……還好……我想要……陽光多一點的地方……」

林先生，回應小六時的口氣，聽起來像是有口無心的喃喃自語。

對於陽光的渴求，顯然已經主宰了林先生的意識。

久未相見的妻子與友人，全被他諸置腦後，現在，他只想要：

「給我充分陽光！深植深綠海洋！」

「好的，那我就先找個陽光充足的地方，讓您休息一下……」

不一會兒，小巴士就在一個十字路口停下。

小六，將林先生從位子上攙起，打算讓他躺著下車，因他已一身僵硬，不良於行。

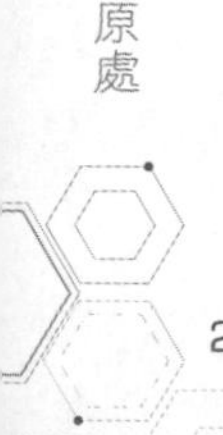

它過去扶他的時候，他甚至無法將手自然的搭在小六肩上。

「放鬆，一切交給我。」

小六，扶起林先生的同時，也將自己的外形，做了些改變。

它變得像是一張直立式的急救床，好讓已經硬得無法自己的林先生，能被它輕鬆地載下車。

小六載著林先生，下了車，穿過人行道，進入人行道裡，那一小塊，事先就已經空置妥當的綠地上，它，順手拔去，插在綠地緣角的一塊小示牌，並將林先生從自己身上卸下，把他正立在那塊小綠地，大約中央的位置，那個事先掘好的淺窪裡。

只顧著仰求陽光的林先生，完全不介意自己被小六當成了一株植物般，安插在那個深度及膝，積水過踝的「待植坑」中。

「這裡光線不錯，要不要坐一下？」

「不……不用……讓我站會兒……應該就可以……」

「您看起來不太舒服？馬上要與太太見面，太高興了嗎……」

我們彷彿可以看到，小六那張沒有五官的白淨臉龐，正晾著奸計得逞時的邪鄙笑容！

而它那完美的真人腔調，更是澈底招搖著它的惺惺作態！

「放輕鬆，您的太太，就在您左手邊。」

這句話，總算讓林先生改變了他的臉部方向，從不久前的積極向上，遲緩地，轉往他左手邊的那棵樹。

「您現在的姿勢是最好的，我當時也是請她望向您現在的方向……很快的，您們就可以四木相接了……」

林先生，這時已經聽不見小六在說甚麼了，他只是痴望著左手邊的那棵樹，任由頸子以下的部分，進行一場未經他允許的革命！

林先生的體內，似是寄宿著，一位沉睡已久的改革者。

而這改革者脾氣暴躁，一醒過來，就毫無保留地，將自己的下床氣，澈底釋放！

沒來由的下床氣，將林先生狠狠折騰，折磨得他全身抽搐、止不住地打顫！

然而、隨著那一次次，不規則的抽搐打顫，林先生的軀幹、四肢以至於皮膚、毛髮，也逐一做出了相應的臣服！

他的骨頭劃皮而出。

卻已不是通識中的象牙白，而是某種喬木圓心的淺茶黃。

隨著利骨削開的膚緣，洩散而出的，也不是理所當然的殷紅，而是爍著幾分剔透的清澈溶液……

附和著骨仔們的增生與延展，覆蓋其上的筋、肉、皮也相伴交響……

它們雖因骨仔們的驟然高昂，暫綻斷段，卻也因此被激起了追增伴生的意志！

彷彿有數位看不見的巧手工，在骨仔們斬開膚衣的瞬間，迅速將那些泌自脂裏的清澈溶液，一一敷抹在那些起彼落的皮開肉綻上，默默褪去那一幕幕的怵目驚心……

乘著一次次的骨肉綻合，原本秀著幾分淺黃的膚衣，也調整了自己的外象。

它們的色澤逐漸黯沉，韌度也隨之疾進。

如此的疾進，減少了骨仔們，展破它們的次數，也讓它們能更確實地，攀附在增生後的骨仔上，迅速改變整個「人」的外型。

而毛髮，像是被皮膚吸收那般，迅速萎縮，並改以另一種形式，在上半身的每個末端，蒼翠重生！

林先生，就這樣就地重生了！

他就在我們眼前重生，就在我們面前變成了一棵樹！

在這不久前，還被稱為林先生的樹上，我們已經看不到任何擬似人的徵象！

他已經徹底地成為，這深綠海洋的一分子！

他再也無須憂煩人與人之間的一切！

他總算「攻得圓滿、心蒂清盡」！

「作用時間，三十九秒。」小六語帶得意，喃喃有聲。

「今天，也要讓他們手牽手嗎？」另一個語調，未經邀約，在小六身後作響。

那未經邀約的語調，也是一具擁有智慧的機器。

那機器的外觀，淺淺鵝黃，像塊覆置的奶油，與下截的暗紅勻稱相依。

暗紅的一端，猶似被削平的亭部，與那奇形的領頭，相隙相契。

「雙色奶油」，看是尊專門載重的大型車輛。

它的體型，至少有小巴士的三倍，拖附在後的透天斗，高深、龐巨，無法輕易窺視裡面究竟裝了些甚麼。

「牽或不牽，不是我能決定的，對我來說，這不過就是一個研究紀錄而已……」

小六，回應裡伴著些得意，緊接著，它對「林氏夫妻」，投射出幾枚類似迴力鏢的金屬利器，斬去了一些末枝。

末枝被斬，好似刺激了林氏夫妻，更像是給了他們機會！

他們像是正在渴望著這個機會，令那些被斬餘的截頭，將渴望化為行動！

他們催促著那些被斷去的枝頭們，迅速增生！增生到他們彼此交枝、相纏為止！

交枝的木葉，就像是兩人牽起了彼此的素手，在這悠悠無垠的深綠海洋，再次共生相繫，再次十枝緊扣……

深綠海洋，北台（註6）009・漢碼：綠吉。

廣名在堡台眾民口耳間的退休美地，實則堡台之心處理「屆期人類」的集中營。

屆期人類，涵義廣泛，包括了一般的「正常退休」，以及其他各式各樣的「因症不癒」或是「因難不治」。

6. 讀「怡」。

他們被集中到這裡，透過指定的藥劑，轉化為特定的植物，成為「另一種形式的永續不滅」。

堡台的人工智慧，利用這些植物所產出各種果物，研究、加工，轉製成各種食品或藥劑，支應著廣大堡台的「生生不息」。

「看來，這次的結果，也在你的信賴區間裡。」

「畢竟是良民，結果總不會太離譜的……你現在是剛收工回來？還是正要過去？」

「正要過去，一起來瞧瞧嗎？有個專題正在結案……」

小六，操起了它的小巴士，跟著雙色奶油，在深綠海洋裡，再次穿梭起來。

「你決定了嗎？老爹說的那個。」行進間，雙色奶油，先敲開了話閘。

「沒，我覺得我們沒甚麼差，無論哪一方獲得最後的統理權……堡台，不能沒有歸原。」

歸原，是人工智慧們的稱法，位據堡台園區北端的大型集中營（註7）。

集中營裡，分門別類，有針對人類所設計的緣吉，有收容報廢機具的理寇。

7. 第二集，P.43。

在堡台，無論是機械還是人類，它是終點的象徵，同時也是「起點前的開始」。

「說得也是……在某個程度之內，這裡的確算是個安全的地方……」

雙色奶油，微妙的，幾分未表認同。

小六，似是察覺了雙色奶油的中心餡。

但是，它卻也表現得不願直接點破：「歸原，是整個系統中，極其重要的一部分，撤掉歸原，如同關閉堡台……只有人類，才會為了統理權，去破壞系統，而這種做法，基本上是自取滅亡……」

「嗯……我這樣說好了，到現在為止，我都沒有把蓮茳視為我們的一分子。」

「原來你擔心的是那個女人。」

「呵，你顯然也還把她視為人類嘛……」

雜聊間，小六和雙色奶油，穿出了林木茂密的深綠海洋，進入一條米色大道，有別於深綠海洋，這兒是由稻色金黃與碧青短草所構成的一望無際。

米色大道，將金碧輝煌，井然規矩地，一塊一塊，每塊碧草園上，都有一尊赭紅色的建築。

它們在一尊赭紅旁停下，雙色奶油，同時做聲：「我們到的似乎正是時候。」

小六和雙色奶油，透過那不可視的電子訊號，進入了赭紅色的建築，來到了監視系統的伺服器。

跟著它們，我們現在也看到了，看到赭紅建築裡的究竟：牲畜的農舍。

眼下的農舍裡，有十來個圈欄，每個圈欄，分門別類，各成天地。

最角落的那一欄，似乎正熱鬧：「就在那兒。」

雙色奶油，引導小六，去檢視那最角落的一欄。

角落一欄，聲色動人。

欄內吵雜、紊亂，爾時，更不突意地追贈幾分暴力。

顯然是用餐時間，圈欄裡的奇妙牲物，在圈子裡爭食。

牠們環肥燕瘦、彪壯精悍，為了那些散亂在地上的糧秣，推擠頂撞、毫不相讓。

這些牲口，頗是特殊。

牠們四肢附著五爪，卻看不出爪尖上有明顯的銳部。

看牠們總是要非常用力，才能在對方身上，留下一些淺傷。

爪雖不利，牠們仍能善加利用，逮住對方、扯住對方的頂氈（註8），阻礙對方的行動。

當牠們將五鈍緊合，前肢就能成為拳形般的鎚具，讓傷害更加有效，偶爾，只要有那種機會，牠們也會使用後肢，來踢、蹬，偷襲對方。

再看看牠們的口器、強及一個杯口，想要噬嚙自己的同類，是天方夜譚。

不成調的嚎叫，通常只能嚇到對方一次，但是，如果吼得大聲一點、久一點，還是能喝（註9）走一些對手。

當牠們破口嚎叫，我們也窺見了牠們的齒列，全是看不出殺傷力的白玉米，而那滿嘴可笑的白玉米，弄傷牠們自己的舌頭，似乎比弄傷其他東西更加容易。

這些牲口，沒有密絨，亦無鱗甲。

僅有黑黃紅白的表色，讓牠們在彼此之間，稍能區別出些許特色。

眼看圈子裡的糧秣越來越少，當推擠頂撞，無法為自己獲得更多的時候，牲口們，開始進一步地展現自己的決心：認真的攻擊對方。

---

8. 形容附屬在動物頭部的羽毛或絨毛稱之。
9. 讀「賀」。

就在小六與雙色奶油造訪的這一秒，圈欄內，一場暴力衝突，正要展開。

兩隻牲口、戰意正昂，對著彼此發出示威的嚎叫，為的是，靜臥在彼此之間，那份體積不小的駝色糧塊。

「要賭豬打架？我選頭上黃毛的那隻。」

小六，隨即在視屏上，將那兩隻準備開戰的「豬」，標了記號。

「豬打架，你就當是開胃菜吧……」

雙色奶油，配合成局，選了黑毛。

兩隻戰意正昂，一頭黑、一頭黃。

黃毛的體型，看起來就比黑毛壯碩，四肢的肌肉，透過光線的襯飾，讓牠像是穿上了閃亮的鎧甲。

而黑毛，即使弓起身子，也差上黃毛一截，牠的四肢，也不如黃毛粗壯，相較之下，更顯出牠的瘦弱，而且牠遍體鱗傷。

就在小六與雙色奶油閒聊的片刻，一黑一黃，已按耐不住地，正面衝突！

兩隻牲口，為了餬口，瞬間進化成兩頭野獸，毫不留情的凌遲對方！

這場藉由暴力來解決的生存戰，也成了圈欄內的焦點，其他的牲口們，都停下了原本要進

行的事，靜靜的看著那黑與黃，彼此傷害！

「開胃菜？你這傢伙，牠該不會『那個』(註10)了吧？」

小六，看著黑黃對峙，彷彿猜到了什麼，同時，也取消了賭局。

「牠的確是『那個』了，這沒甚麼，這種狀況，總是會有的……」

雙色奶油，回應中透著幾分得意。

黑毛，非常清楚自己弱點，牠無法在蠻力上討到黃毛的便宜。

所以，牠從戰鬥一開始，就一直保持著，某種奇妙的循環動作。

比起黃毛的大膽進擊，黑毛更偏好挑釁佯攻，雖然牠仍會因此被黃毛弄傷，但都僅是些擦破掠劃的皮毛傷。

另一方面，黑毛總是利用黃毛衝向牠的伺機，將牠絆倒，當黃毛四腳朝天，黑毛勢必全身迎上，將黃毛脅壓在地，對著牠做近距離咆嘯！

如果有機會，牠更會加賞黃毛幾個耳光！

10. 見「既憶殘醒」。

一來一往間，黃毛，不要說致命傷，幾乎連皮毛傷也沒幾個，但是，牠卻逐漸顯得怯懦。

牠開始顧忌自己是否會跌倒，同時也在意起，自己是否會因跌倒而吃上巴掌。

於是，漸漸地，黃毛的每一步，都顯得刻意小心，然而，當牠開始刻意小心，黑毛逐而放膽劇進，沒有多久，黃毛便垂頭喪志地，退出了這場決鬥。

黑毛就這樣獲勝了。

牠在圈欄中央，將身子撐開，立直了頸子、揚起頷顎，發出宣誓般的雄叫！

牠不再因為遍體麟傷而顯得狼狽，那些星列牠一身的涸痂，已是牠榮耀的証明！

而那些新生待癒的血光，更猶如閃爍著勝利的徽章！

接著，黑毛迅速將注意力集中到……那糧塊似乎比剛才小了一些？

也許是決鬥過程中，被其他的豬偷咬了幾口？

又或是在決鬥中，不小心將它踩碎了？

然而，打鬥顯然消耗了黑毛不少精力，以致牠對獎品縮水沒顯得在意，牠叼了糧塊，就走向圈欄的另一角——那隻肥胖到僅能癱坐在地，無法為自己爭食的母豬身邊！

「我的天……牠真的是豬嗎？你對牠做了甚麼特別的？」

小六，看著黑毛走向那團巨肉，語中全是不可思議。

瞧瞧黑毛，雖然牠剛結束一場逞兇鬥狠，但是，當牠距離那母豬越來越近，就越難將牠和數秒前的兇狠，做上連結。

那異常的肥胖與臃腫，已將母豬膨脹到一個非豬哉的境界！

牠完全已是一尊巨型肉團，除了製造二氧化碳、排放氮氫化合物，根本沒有辦法再多做些什麼！

而黑毛，現在已經來到母豬身邊，牠和母豬對照起來，簡直就像是隻營養不良的瘦弱豬仔！

那巨肥的母豬，若是不經意的翻身，很可能將黑毛立刻壓死！

接著，詭誕的下一秒，由黑毛續幕：「快吃吧！再忍耐一下……」

黑毛，男人的聲音，敦促著那頭肥到無法自己的母豬，要牠吃下那剛搶來的糧塊。

當然，那巨肥的母豬，是不可能有任何動作的，即使牠真的有想，對黑毛做出一些回應！

不由分說，圈欄邊的田鴉侍，開始動作。

它們是負責餵食的筷子手，大多數的時間裡，它們只是靜靜的佇在欄邊，奇妙的造型，像是一隻隻黑色的高腳鶴。

當豬仔們，巨肥到連進食都無法自理，當進食對於豬仔們，已形同一種虐待，這些全自動的強制餵食器，就會開始強制執刑！

田鴉侍們，展開了它們細長靈活的肢臂，將黑毛搶來的糧塊，打理成數個小塊，一塊一塊，硬是塞進，母豬那已因兩頰過腫，而扭曲變形的嘴裡！

而黑毛，僅是持續著「快吃吧」、「再忍耐一下」之類的喃喃自語，好似誦經般，字字無間。

北台007・漢碼：蒂育（註11），位在歸原東側的營區。

有別於小六的茂密林園，這裡是廣闊的綜合農場。

農場裡的各種牲口，也肩負著，與綠吉植物們相同的任務。

牠們都被餵食著特別的飼料，以長出理想的原生蛋白。

人工智慧們，利用這些原生蛋白，轉製成各種，足以支應園內人類所需的蛋白質製品。

11. 讀「地獄」。

雙色奶油，向小六傳輸了一份資料，沾沾自喜地解釋道：「沒什麼特別的，牠會長到這樣，就只是短時間內被大量餵食而已……就像你看到的，負責大量餵食的主角，就是這一頭黑毛的狠角色。」

「我看這黑毛自己沒吃多少……牠幹嘛麼要對這母豬如此殷勤？」

小六，瀏覽著雙色奶油分享給它的資料，問。

「老方法，讓牠知道，牠與這頭母豬有過曾經，但是，不公開那些曾經的細節。」

蒂育裡的牲口們，也曾經是堡台的一分子。

因為犯了罪，牠們被聚集到這個非人境域。

因為遭到流放，牠們被強制改變了生活的形式。

即使如此，人工智慧們，仍視這些「獸行人」，為堡台的一分子，並在將他們卸去了人的形式之後，繼續觀察牠們、紀錄牠們。

卸去人的形式，其中的重點，是抹去過往的記憶。

藉由腦洞電波，人工智慧，在修改記憶的同時，依照事先的分類，對流放者們，植入特定的訊息。

這個類似催眠的過程，會讓流放者在醒來之後，澈底的將自己認定為，訊息中所指定的牲物。

然而，人類的記憶，與電子檔案，終究存在著差異，無法隨意的扔刪。

像黑毛這樣，驟然脫離指定訊息的狀況，人工智慧們，通稱「既憶殘醒」。

「的確是老梗，但是，基本上都很管用……」

「是啊，畢竟是殘醒，滿腦子都是支離破碎……奇妙的，在這種時候，牠們都會想要瞭解自己的過去呢……繼續在這做豬，有甚麼不好呢？整天也就只是吃喝打鬧而已……回去社會，不也就是為了吃喝而打鬧？在這邊打鬧還不會被罰嘞……」

聊著，雙色奶油，又對小六，開放了一些資料的共享權限。

「牠們，一直都很注重形式……同樣是吃喝打鬧，比起赤裸的血肉暴力，牠們更喜歡穿得一身華麗，然後滿嘴尖酸刻薄……欸，現在這隻母豬，和你陸續開放的這些紀錄檔案……看起來怎麼好像都不太一樣啊？」

「呵呵……這正是我今天要請你過來的原因……」

雙色奶油與小六，一言一語，默默地將時間搓去。

蒂育系統，未因它們的閒絮漫聊，緩宕拖沓，孜孜著它應該的無間。

某個末日前的悠揚曲調，在圈欄內響了起來。

悠揚旋律裡，顯然摻雜了不該有的節拍，催著圈欄裡的牲口們，一一昏睡過去。

昏睡之後，是另一個節目的開始，農舍的外牆，緩緩的，褪開了一道缺口，一道足以讓奶油卡車通過的出入口。

卡車駛進了農舍，停在熟睡的圈欄旁，靜待著它將要被賦與的任務。

不久前負責強餵的田鴉侍們，轉眼變成另一種造型，開始進行另一項工作：收割原生蛋白。

它們順著圈欄周圍巡行，同時對著那些倚靠在圈欄周圍的「巨肉們」，逐一掃描。

當它們發出滿意的訊號，就會把面前的巨肉，拖到卡車旁，大卸八塊。

它們極有效率地，為那些滿身巨肉的豬仔們，削肉褪脂。

並將那些剛收割下來的肥美原味，一塊塊地，扔進卡車的巨斗中。

奇妙的，被千刀萬剮的豬仔們，流出的，並不是駭人的鮮血，而是金澄澄的剔透液物。

滿地的剔透液物，似乎也有它應當的用途，當它在地上淤積到一定的分量時，就會被另一組機器人採收。

輪到那隻超級母豬的時候，總共有五名田鴉侍去伺候牠，牠甚至還壓壞了，第一個企圖挪動牠的田鴉侍。

然而，田鴉侍們的效率，未因夥伴的負傷而受到影響。損壞的夥伴，馬上就被送走，新的支援，也跟著到來，於是，超級母豬的收割作業，也在標準時間內，順利完成。

而現在，我們也清楚的看到了，那隻被收割完成的母豬，是隻公豬。

小六盯著畫面，高聲擲問：「我剛剛就覺得怪怪的！黑毛一開始看到的是牠嗎？」

「當然不是！」雙色奶油，得意大笑！

它接著示意小六，再打開另一份檔案：「隨著爭糧的次數，黑毛漸漸麻痺起來……有看到多巴胺對應分析那個項目吧？牠完全陶醉在搏鬥、送食，這樣的簡單循環裡……這小小的循環，讓牠越來越兇殘，也讓牠越來越聰明，從資料上就看得出來，牠不止一次撂倒過比黃毛更加魁梧的對手！有那麼幾次，牠甚至忘記自己爭奪的是糧塊！而是將奄奄一息的對手，拖到母豬面前……當牠出現這種行為，我就將受糧目標調包……到剛剛收成為止，我總共將受糧目標更換了六次，每個目標，至少讓牠進行三次送糧，牠都沒察覺有異……有的甚至還比較瘦！你看看三號和五號，那是我特別挑的，牠們的面部特徵，都未因肥胖而無法辨識，但是，黑毛顯然已經不在乎了！現在，只要有一個讓牠送糧的對象，牠就可以一直鬥下去！」

雙色奶油，對自己的實驗記錄，春風意滿。

小六，悶悶地檢閱著所有的記錄，企圖找出一些灌冷水的空間。

它特別留意了黑毛的截影備存，發現其中一半以上的影像，根本看不見受糧目標的臉部。

它對這個現象做了進一步的追究，特別是最初的受糧目標，在牠成長到三噸之後，黑毛如果不往牠身上攀，就必須仰視才能看到牠的臉。

這視覺上的落差，隨著受糧目標的成長，越來越大，在六噸之後，黑毛即使仰視，也只能將牠那從下巴，一路延伸到地面的肉壁，看個白展而已。

「你有禁止黑毛，對受糧目標做授糧以外的舉動嗎？我看目標還是原主的時候，牠就與牠保持著一定的距離……」

「當然沒有！你沒看到我還常鼓勵牠，和原主多聊天嗎？如果牠沒那麼害羞的話，也許就不用這麼辛苦了！」

「嗯……看來這黑毛認為，把一頭母豬從五十刻餵到八噸，會比有事沒事就和牠聊個幾句更容易……」

小六，檢閱了黑毛的過去，牠與原主，是登記在案的伴侶。

原主有睡眠障礙的問題，而黑毛，在與她交往的時候，也就知道了。

他的態度，也很平般(註12)：包容與協助。

黑毛認為，睡不好，並不是甚麼大病，只要配合治療，狀況總是會改善的。

直到原主參加了一個奇妙的組織。

用組織來概稱，是比較有結構性的說法。

他們雖然總是三五一聚，但是，每個小組之間，並沒有緊密的聯繫。

也沒有較明確的核心分子，去對每個小組的行動，進行統整。

即便這些人是一盤散沙，堡台之心，也將他們視為一種困擾，並將這些人，統稱為「拒光者」。

在拒光者中，總有人會假扮心理醫生、心理治療師，並利用治療睡眠障礙的名義，篩選出他們認為適合的人，邀請他們加入。

原主被其中的一個小組吸收，而且積極地參與他們的活動。

這讓黑毛開始對原主產生各種懷疑，因為，拒光者們的活動，基本都是在晚上，在那個

12. 平常、一般。

「黑毛也不知道堡台之心也要靜下」的時刻裡。

於是，黑毛向總局提出了檢舉。

「有限的資訊，窘迫的環境，人，也只能選擇依賴，那些近在手邊，看似可靠的小確幸……」

不可視的位元空間，第三個聲音，在小六與雙色奶油的身邊響起。

「牠們是豬。」雙色奶油，冷冷地指正「第三者」的用辭。

「感謝學長的指導……這些豬，牠們現在的狀況是？」

第三者，沒有想要回駁的意思，同時，牠對圈欄內正在進行的收割作業，也顯得不甚瞭解。

「長見識了嗎？這就是一群豬在睡覺的樣子……只是集體麻醉而已……有甚麼事嗎？」

「這是老爹要我轉達給學長的案子……」第三者，向雙色奶油，遞出了一份資料。

「又來了……」雙色奶油，像是已經知道了老爹的交代。

一旁的小六，也為自己做出表示：「我能看嗎？」

雙色奶油，示意第三者，將資料開放給小六。

第三者，給了小六一個副本，道：「案主就是，學長們正在討論的……黑毛。」

「老爹真是會挑啊……我才剛把牠用完，他下一手就撿去……」

雙色奶油，瀏覽著剛到手的資料，隨性地碎了些垃圾話，確認時間：

十一點四十五分。

「請你回覆老爹，說我會遂行他交代的所有內容。」

老爹交代的案子，是一份私刑請求。

「老爹，在停下自己之前，還在做這種事啊……」

小六，看著案子的內容，低調表現，自己的不認同。

如第三者所說，案主是黑毛，而請求人，是個有點眼熟的馬尾男子（註13）。

13. 第一集，P.147。

馬尾男子的妻子與原主，都因為睡眠治療，而被拒光者們吸收，這讓她被捲入總局的搜捕行動。

馬尾男子，於是將報復的準心，對上了黑毛。

「他認為，這是他的責任。」

雙色奶油，確認了剛完成的收割作業，派走了卡車，並指命農舍裡的兩具機器人，將還在昏睡中黑毛，抬出圈欄。

機器人，將黑毛挪到一個盥洗室，要替牠打理一番，過程中，牠醒了過來。

一開始，黑毛像是狂犬病發作，在盥洗室裡四處逃竄，閃躲著向牠噴灑的水柱。

機器人於是直接在水上放電，逼黑毛靜下來。

電力沒有很強，卻也夠黑毛難受，幾次之後，牠莫可奈何地，讓機器人為牠展新門面。

當黑毛不再抵抗，水力也漸漸溫和，隨著身上的傷汙被清去，雜亂的毛髮被潔順，黑毛似也逐漸恢復了神智。

牠腦子裡的記憶，雖然仍是一盤碎，但是，至少已經能讓牠自己穿上，機器人遞給牠的衣物。

幾分鐘的時間，牠，又更像是一個人了。

「如果他認為這是他的責任，那他就更不應該凌駕在系統之上。」

小六認為，不能為了通融個案，而對系統過分干預。

「沒差啦……反正，他本來就是最初的管理者嘛……」

雙色奶油的態度，相對隨意。

「老爹發的宣告，學長們都看過了嗎？」第三者，顯然還沒走遠。

「你怎麼還在啊？」

「網路等等會停上一陣子……所以想利用這段時間，在這邊見習一下……」

雙色奶油，瞄了一下時間：十二點整。

「嗯……有甚麼特別想知道的嗎？我先把資料載下來……」

它轉進了蒂育的中控室，開始準備教材，一旁的小六，也主動釋出善意：「我就在隔壁而已，如果想順道，不用客氣。」

三名人工智慧，在末日的前一刻，仍在教學相長。

「今天……是星期幾啊……」

瀏覽著尚理不出時間感的記憶，已是一身人樣的黑毛，被機器人押送著，前往他的受刑地……

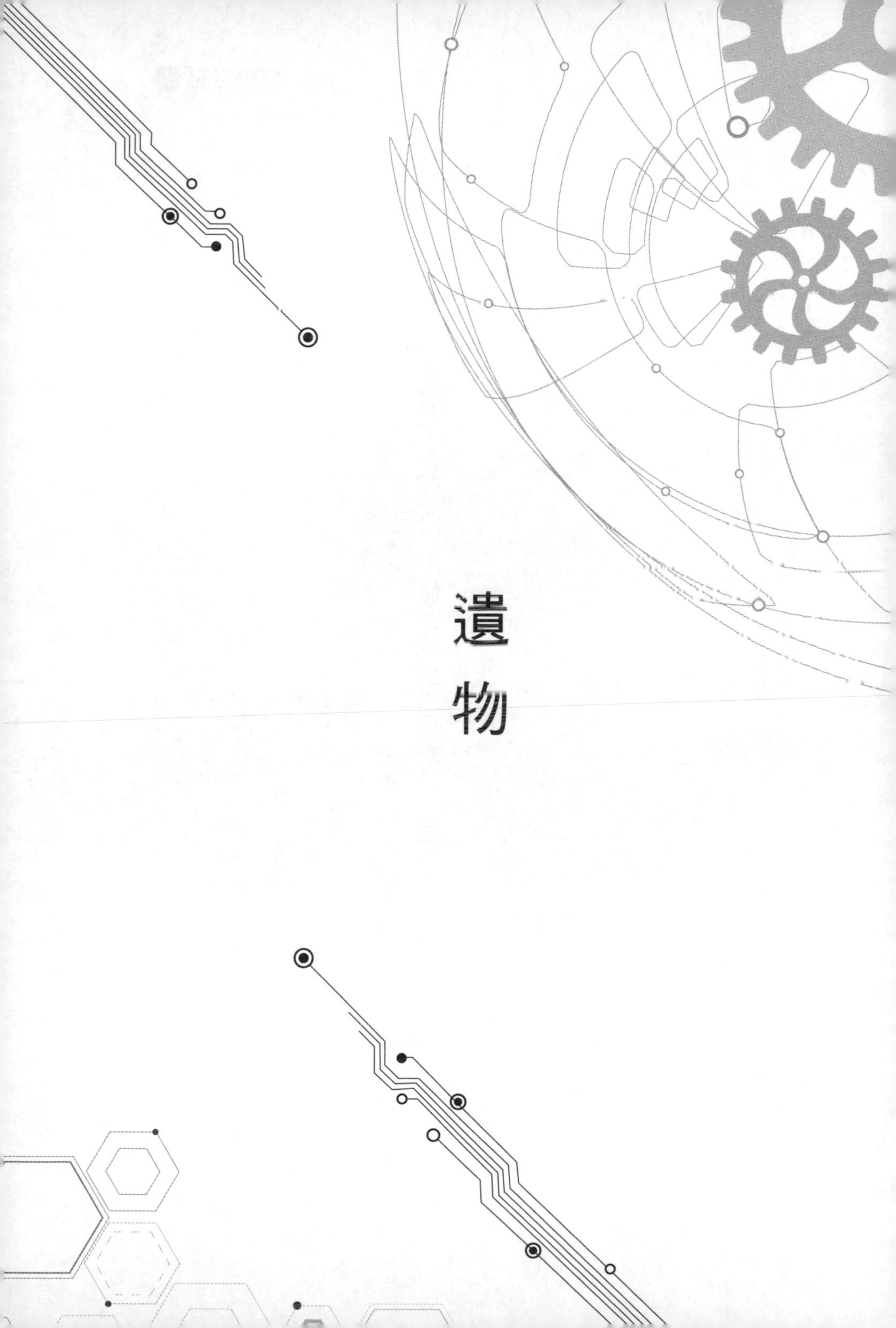

遺物

在數字外面，無法被消費，是文化

冷清，透著幾分淒涼。
淒涼，緣自那不知以後的徬徨，由自那頓失依靠的無措。

新紀六十七年十二月十五日中午十二點十五分。
至名誠邦的堡台人工智慧，啟動它有生以來，僅有的一次，也是最後一次的終讞程序。

終讞程序，全面性的系統重整。

這個程序，看起來是有點多餘的。
因為，園區內大部分的問題，都能在每天的兩小時〈註14〉裡被解決。
然而，以建構完美人類社會為目標的東方一族，總是在為各種狀況做準備。
於是，它們設計了終讞程序，用來集中處理，每天花兩小時也搞不定的事。

今日堡台，在這定讞後的一個小時，萬人空巷，寂若死城。
遍及大街小巷的，是屠殺派對後的各式狼藉。

14. 第二集，P.143。

黃瘋們，雖未啖食任何一個人，但是，它們卻像是要向什麼對象展示那般，將它們所逮住的人們，一一生切、具具臚列。

那些為數可觀的陳列品，大多被去了首級和手腳，體毛也被清整得一絲不餘，像是在替什麼餐點料理，預作前置那般。

少部分的全屍，明顯看出它們與食材的差異。

它們甚至被擺出一些獨特的姿勢。

像是張弓待發的樣子，還有那種提步欲舞的前一刻，又或是，在不破壞人體結構的前提下，可以擺得出來，卻無法一望奇意的各種動作。

城內的建築物，大多沒有結構上的損壞，最多只是門窗被搗爛，裡面的裝潢、家具被弄壞。

真說要倒塌、搖搖欲墜的那幾棟，都集中在芸霖大道左右，靠近市政總局的方向。

而這些，都僅止於視覺系統可以辨識的部分。

另一些，在那個僅能靠想像去臆測的位元空間裡，沸沸揚揚。

「該選哪一邊？」

這是每個堡台之心下的人工智慧，現正苦思不決的問題。

誠邦，將自己與終讖程序做了連結，在程序被啟動的同時，它也將停止運作。

為了讓人工智慧們理解，一個健康的系統，不應該存有不成比例的懸繫。

為了向人工智慧們強調，自己也不過是堡台的一部分，堡台系統，不會因為它的停止，而無法運作。

它製作了一份名為「成終宣告」的說明檔，並將這個檔案，在自己停止運作的一個小時前，發送完畢，傳達給堡台之心裡的每一位人工智慧。

說明檔中，它並沒有詳細自己為什麼要停止，只強調堡台會在它停止之後，繼續運作下去，同時，它也給了兩個方向：

「保證一如往常的保夷之心（註15）。」

「一切都可能不一樣的寶誼之心。」

在這個看似可有可無的說明檔裡，誠邦加附了一組編碼，以確保收件者在閱讀之後，能有「自行決定」的能力。

15. 第二集，p.88。

除了提示方向、開放權限，檔案中也說明了，堡台的網路系統，會因為它的停止，暫時關閉：「務必確認你目前的實態，或是你將要選擇的實態，是否備有語音系統……無論你現在的職務，是否需要與市民進行往來……」

然而，長期活在網路裡面的人工智慧們，並沒有意識到發聲的重要。
它們忽略了這則特別提醒。

這樣的忽略，對某些人工智慧來說，它們根本沒發現自己忽略了。
因為，它們在平常的作息裡，就高度的使用語音，與人類進行互動。
這讓它們即使在網路全面停擺的當下，仍能與日常的夥伴們，嘰嘰呱呱個不停。

這樣的忽略，對另一些人工智慧來說，是無法言喻的衝擊。

它們就像是一個個被囚禁在鋼鐵牢獄裡的孤魂。
它們無法對同伴發出有意義的聲音。
它們做不出能讓對方猜測的表情。
甚至也擺不出，足以傳達訊息的肢體語言……
然而，即使是在這樣的黑暗時刻裡，它們也是擁有兩種選擇：

「奮力摸索，迎向那必然的重啟時刻。」

「靜默等待，讓周遭的變化，來決定一切。」

現在，讓我們暫時進入芸霖大道，注視一下那剛興起的動靜。

那童形個頭的人，正從殘樑巨礫間，站了起來。

稱他童子，是因為我們在這頭，僅瞧見了他的上半身，雖然赤裸，卻辨不出雌雄。

那稚幼的臉龐，假以數十載，可以英姿凜凜，亦能嫵媚傾城。

他雖赤裸，卻未顯驚慌，從容的視線，從觀覽著自己的身體開始。

他將雙臂提舉，攤掌、拳握。

他將雙腳輪流踮起、弓膝扭轉，就像在進行著某種熱身操，亦或是在確認著，身上每一部分的完好。

當他扭動著他的脖子，同時也汁意到，那枚數步之距的頭顱，他盯著那枚瞠目無語的頭顱，邁出了步子。

那枚頭顱有點駭人，臉上都是血漬，特別是已經乾涸在，眼框與顴骨間的那塊圖騰。

那圖騰，宛若一個蝙蝠造型的面具，高調生動著，那無法易更的死亡。

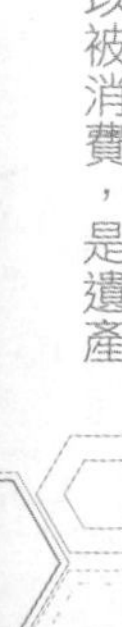

童子在那頭顱前蹲下身子，對血蝙蝠得了興趣，他盯著血蝙蝠，不一會兒，他的臉上，也浮出了蝙蝠展翼。

他接著走向一旁的破碎櫥窗，挑了一塊能映進他全身的殘璧。

他對著映在殘璧上的自己，端詳了一會兒，覺得自己僅是一身淺黃，有些單調，單調得連臉上的血蝙蝠，都顯得刺眼。

於是，他撤下了突兀的蝙蝠面具，繞過殘璧、穿進破櫥後的花花世界，芸端百貨的一樓大廳。

他踏著腥濃的地毯，在各式各樣的專櫃之間悠遊。

他在臥屍間閒步，瀏過那一張張苟存未損的風姿綽約。

他在寂靜的百貨大廳，步步悠行，他的身上，也開始有了衣物鞋襪，花型色澤、千形萬化，宛若一齣人體彩繪的獨角戲，演繹著那一次次，未出口的否定與猶豫。

不一會兒，愈形定見的他，在一面半掩的鏡面鋼門前駐下步子。

他將身子轉了半圈，像是總算滿意了那般，一臉愉悅的離開了百貨公司。

童子，輕快地，在滿是狼藉的堡台大街上，走馬看花。

他總會因為那些五體不全的屍首、頓下。然而，我們可以清楚地看到，他並不會耽擱太久，基本上，僅是瞳孔縮放一次的閃逝。他也會因為那些失去作用的黃瘋、停下。與屍首相較，他會多花點時間，扯起它們的臂肢、敲敲它們的大眼睛，彷彿在確認著什麼。

然而，那也不過是兩次縮放的延滯。

童子，走馬看花，卻表現出某種規則：絕不回頭、折返，絕不脫出他兩三步之遙的左右。他一直在保持前進，雖然他總是會停下那麼點時間。他一直在保持前進，雖然我們看不出他的目的地，然而，就在幾個路口之後，他開始調整他的動作。

童子，頓時褪下了一路以來的輕鬆自在，他伏下身子，像隻襲鼠貓般，躡手躡腳、沿牆而行。

他沿著牆，悄進了一旁的便利商店，探過那面不知被什麼給崩穿的牆，摸進了隔壁的文書店。

他沒被文具書店裡的凌亂給耽擱，他像隻壁虎般攀上牆面、懸牆而行，避免任何的步慎之音。

說到壁虎，他更像是隻變色龍，配合著自己每一步的小心翼翼，隨時調整著自己的外觀，將自己確實融入周遭的一景一物，像是要避開什麼人的監視？像是在防著什麼偵探？

猶如一條蜿蜒在叢林裡的蛇，童子在滿是殘亂的堡台街頭，迂迴曲行了一陣，直到他默默靜入那「有奸碴管」後面。

有奸碴管，文藝在那塊扭曲的招牌上，它不知為何奔離了它原本應該的位置，落為堡台街頭，成為狼狽的一分子。

而我們，從這個方向，也看清楚了這塊破牌的所有者，距它數十步的那座洋房。

有奸碴管，堡台市內著名的複合式餐廳。

本館是披著嘻哈外裝的洋房建築，周邊的室外空間，是由典雅優閒所主導的露天區位，與本館的風格，逆襯出微妙的對比。

而現在，露天區，亦是與大街上相輔相成的混亂及殘破，一同簇擁著，本館的嘻哈蕊心。

在這裡，讓我們暫時放下，匿身在招牌後，不動聲色的童子。

攀著從露天區那兒傳來的細索聲，一源究竟。

沿著招牌前的各種殘骸，踏著微風撫過它們時所蹭出的音階。

我們來到了瘡痍滿佈的露天區，一個奇妙旋律，正由一個未具名的樂團，積極交響。

那低調的交響，似是某種呢喃，像是一堆金屬零件，聚在一個袋子裡、被晃弄得擦擦作聲。

這時，我們也看見了那交響的舞台：那個攤在地上，不時孱動的機器人。

這個機器人，臉部沒有仿人的膚與唇，卻看得出擬似雙眼的信號燈。

而它之所以孱動，是因為它身上僅存的零組件，正試圖要將身受重傷的它，起死回生。

「無唇」，受損的狀況非常嚴重，像是遭到某種重擊，讓它支離破碎。

然而，那些苟餘的完好，彷彿擁有自己的生命般，積極地尋求任何可能，好去挽回這個更高於它們一階的存在。

那些似有生命的破碎零件，依循著它們的記憶，返回它們應有的屬地。

除了確認自己的位屬，它們也試圖找回曾經的左鄰右舍，或是足以替代那些鄰居的新夥伴，對無唇身上的殘缺，進行修補。

每個零件，孜孜不倦，總免不了，與目標一致的同志們，磨擦、碰撞。

而那經由磨擦、碰撞所織成的細瑣交響，正是無脣重生的旋律！

「……誰還在？」

抑揚不全，無脣，測試著自己的音源系統，想獲得一些周遭的回應。

然而，如它一身殘破的露天區裡，沒有誰向它做出回應。

於是，它撐起剛被完成的上半身，開始在露天區裡爬行。

它看起來有點狼狽，拖著滿是補丁的上半身，以及還在構築的下半身，在露天區裡匍匐疾行。

不一會兒，它便盯上了那具，靠在一個牆腳邊的機械人偶。

瞧瞧那人偶，和無脣同是殘破族類。

差別在於，尚看得出它是個四肢健全的小男孩，只是它的腦袋，不知被什麼給削去了一半，右顴骨上方，已是虛空的禁巒。

無脣，不由分說地爬向小男孩，扒開它僅有的那半個腦袋，使勁掏挖，就在它翻出了一些腦容物之後，它終於找到了它要的東西：兩只花瓣形狀的晶片。

它迫不及待，將那兩枚晶片，嵌進左肘上的槽床，緊接著，它的左肘，就自行發出了喊叫：「我們要團結！」

「我正在這麼做……」無唇，單調的語音，釋出幾分沒好氣，繼續在露天區裡爬行。

無唇，直屬於誠邦的十二個單位之一，運作時數僅次於誠邦的人工智慧，漢碼：卿瓏。

而它剛甦醒的左肘，從機械人偶腦袋裡被取出的那兩枚晶片，即是運作時數與它不相上下的諸確。

它們是成四總，數十分鐘前，它們共用一張桌，討論著誠邦的種種。

不一會兒，一名路人的介入，將討論淪入失序衝突。

自稱蔚荷的奇妙路人，在四總面前，拿出了誠邦的身後物，一枚紫色的隨身碟。

以遺物的概念，當是由遠親，或是一個看起來無所相干的第三者所持有時，這足以透露出，辭世者對於近親，在某種程度上的「不願任」。

當然，我們也可以說，這是辭世者找到了更合適的後繼者。

然而，這對長時間近在身邊的人來說，勢必不是滋味。

如此的不是滋味，就像是一種過敏反應。

當反應程度突破臨界，就會順勢升級為實質的鬥爭。

過敏反應，讓這四位資深程度僅次於誠邦的人工智慧，做出了不智慧的行為。不智慧的行為，將它們墮為散亂一地的狼狽廢鐵，將它們落在苟延殘喘的邊緣，垂息掙扎。

「你想上哪去！」

無封的晶片，在一張翻倒的桌下被找到，卿瓏將它嵌入右肘上的槽床。它一恢復了功能，就迫不及待的揚聲，但是，它只吼了一句，就察覺到自己只剩兩片。即使如此，它還是裝作沒那回事般，對著卿瓏頤指氣使：「……快看看那傢伙還在不在那兒！他一定知道什麼！」

折騰到現在，卿瓏總算是把自己組回一個大概，它總算是有腳可以來移動自己了。沒計較無封的態度，卿瓏隨即就向著指示的地方提步。

「毛的！被無名賊給劫了！」透過卿瓏的視覺分享，無封忿忿抱怨。它們來到本館門邊的一個牆腳，一個看起來像是蟲繭的東西，呈現著繭破巢空的狀態，殘繭一旁，靜晾著一截曝械斷肘(註16)。

16. 形容損壞、不完全的機械物品，露出內部機件的樣子。

「別管他了！快找隨身碟！」諸確說。

「找？我就是看他把隨身碟全兜去了才放棄纏他！」

卿瓏拾起斷肘左看右瞧，道：「嗯……你們願意再開放一些權限，讓我多瞭解一下剛剛的狀況嗎？」

語落，它順手從斷肘內取出三枚晶片，一片焦黑、一片半截。

死亡，對人工智慧來說，是一種概念、一種形式。

相較於人類，總在長生不老、永駐不死的圈圈裡汲營，堡台的人工智慧，甚至是整個東方一族，重視的是「如何再起」。

每個人工智慧，都會對自己的硬體設備，進行可能的損壞評估，透過這樣的評估，預先規畫自己的「中斷對策」。

中斷對策，在人工智慧之間，也概括為兩種主流：

一是專於「確實記住」中斷「前」的狀況，包括一些關鍵性的細節。

另是偏好在中斷「後」，能「迅速重置」一個足以運作的機體或介面。

相較於無封和諸確，卿瓏顯然是後者，這讓它對數十分鐘前的衝突充滿問號。

在它剛重組起來的硬體空間裡，可供辨識的資料，屈指可數。

當它去檢視諸確和無封所分享的資料時，更是踏進了一個各說各話的泥淖。

接著，就在無封和諸確打開更多分享的同時，一個男聲，從露天區旁的大樹上，嚷過來：

「容我冒犯……您確定要由這兩位和您一樣支離破碎的……來告訴您想知道的事？」

「它」，是不久前躲在招牌後面的那個童子。

童子，對著「三老」，舉出自己的右手，晃了兩下，手上的黑絨袋：「東西都在我這兒……據瞭解，還要三枚，才能完成這把鑰匙。」

隨身碟，顯然沒走遠，但是，卻落在一個身分不明的手上。

三老，立即在封閉的區間裡，討論起來：

「這小鬼……算了，如果他說的事實，那我們剛剛就是在搶一個有殘缺的東西……」

諸確，偷偷的對童子進行掃描，但是，它馬上就發現網路已經停擺了，根本連不上主機的資料庫，無法核對童子的機體型號。

「……我覺得那個鑰匙，與園區的系統應該沒有太大關聯……我不認為老爹會如此顯頊……讓一個莫名的後生之輩，也有權過手他所留下的東西……」

一個剛剛拼湊起來的身體，對於三個智慧的同時運轉，顯得疲於支應。

卿瓏，參予著討論的同時，也積極搜尋著附近的電源設備。

「但是，在大家鬧起來之前，你曾經提過一些你對老爹的調查……這個小鬼，也許是答案……」

無封，向卿瓏開放出更多資料，同時，率先向童子搭話：「鑰匙？為什麼不是系統總開關之類的？」

三老，這時也在露天區裡的一個牆邊，駐下步子。

它們僵硬的蜷下身子，抽出腰間的電源線，接上那個不顯眼的插座。

見三老在牆邊窩下，童子，順手將黑絨袋收妥，從樹上躍下，在殘破的露天區裡，四處遊步，持續交談：「我用鑰匙來形容它，是以功能而言……要說總開關其實也是可以……而我會出現在這裡，基本上就表示這個鑰匙需要被完成，但是它卻沒有被完成……現在，我需要前輩們的答案：您們是否願意去搜全其餘的三枚隨身碟？」

陌生的童子，對於隨身碟的瞭解，顯然比三老多出那麼一點。

然而，光是這一點，就讓三老很不是滋味。

資訊不對稱，以及眼下難以挑戰的侷限，讓三老對隨身碟的態度，下修了好一截。

特別是身為暫居者的無封與諸確，它們現在完全就只是兩張嘴而已，調配著全體用電均衡的卿瓏，總會不時的提醒「二嘴」：它們每一句垃圾話的耗電量。

「對於剛剛才知道有八個隨身碟的我們來說，另外三個，基本上也是天方夜譚。」

諸確，不想為不確定的事耗功。

「你既然都能知道這邊聚集了五枚隨身碟，其餘三枚在哪，你應該也有數了吧？」

無封，用另一種表現方式，呼應諸確。

「……我是卿瓏，年輕人，我們該怎麼稱呼你？」

卿瓏的表現，與二嘴相較，更趨正常。

童子，停下游步，足足頓了那麼一秒，回應了卿瓏：「可稱嚎崗……」

它像是為了卿瓏，才去決定了自己的名字。

它接著又說：「很抱歉沒有自我介紹，因為，我覺得前輩們對我是誰……應該沒甚麼興趣……而我，也只是想完成被交代的事而已……」

嚎崗，下了露天區，開始在行人道、馬路上，在那各式各樣的破銅爛鐵堆裡，翻來推去，似是想從中找出些甚麼。

這時，它也不再用揚聲模式，而是改用點對點傳輸，與三老交流：「與各位前輩見面之前，我看了一些我查得到的資料……我覺得，誠祖，並不是一位偏好折騰的至慧……基於您們的地位，您們應該事先就收到這些隨身碟了……您們若有將你們所擁有的碟，讀過一次，應該就能知道其餘的所在……」

「璇舞，顯然是將隨身碟讀過了。」

「你們，都沒讀過那碟嗎？」

「老爹說，內容是一些關於他的複本，說是先寄給我保管……」

嚎崗，在破銅爛鐵裡勤快了一陣。

它蒐出了它想要的材件，並將那些材件，帶回露天區，迅速地組裝，嘴裡念念有詞：「至於我為什麼會知道隨身碟的事……我也很好奇，到底是誰把這件事……硬灌進我腦子裡的呢……而且還標註為首要重點事項……這件事對我來說，究竟有甚麼重要呢……」

嚎崗，轉眼就將零組件，拼湊成三件精巧的機具。

接著，它對著自己的太陽穴，做出一個被槍抵住的手勢，兩眼直視著三老：「這明明就是各位前輩們該做的事呢……」

緊接著，意外插曲，強勢搗入。

轟轟的地鳴，像是大氣打起了重低音，隨之而來的震盪，顫起地面上的各種殘骸，奏起零落參差的街頭交響。

「地震？」

「這個程序，有好一陣子沒被執行了。」

「現在個狀況下，還有誰能運作這個程序？」

三老，正用它們僅有的雙眼，注視著嚎崗。

對於三老的意有所指，嚎崗沒顯得在意。

它模仿起護士替患者探尋注射點的動作，拍打著自己的左肘內側。

左肘內側，應聲秀出八個嵌槽。

嚎崗，將現有的五枚隨身碟，一一置入肘內的嵌槽。

然後伸出小拇指，去啟動一個它剛組裝起來的精巧機具。

那看起來如麻雀般的機械鳥，一口啄下了嚎崗的小指，旋即振翅入空，半個影都瞧不著了。

嚎崗見機械麻雀如此反應，一臉欣喜：「太好了，這樣行得通！」

它緊接著又挺出無名指，讓給另一個小東西，那小東西似是某種行動迅速的爬蟲生物，它將嚎崗的無名指負在背上，兩腿一抬，就閃失在堡台大街。

最後，嚎崗自己將中指折下，遞給那隻引頸多時的小松鼠，好讓它快點趕上，已經出發的兩位同期生。

這時，我們也望見了地鳴的主肇者。

堡台西空，壹零壹大樓，正緩緩地向上攀升。

不久前的轟轟徹響，正是它起身登空時所帶起的震撼。

嚎崗，提起右臂，引導三老的視線：「看！病毒們準備展開最後的掙扎了！」

它指著騰空的壹零壹，如是說。

三老正不明就裡，同時收到了一個點對點的訊號，是來自嚎崗的私有頻道。

當卿瓏一接受了嚎崗的要求，它們隨即就看到了，嚎崗傳給它們的景象。

景象是一則實況轉播，來自壹零壹的近距離特寫。

成千上萬的黃瘋，停附在壹零壹的一側，密密麻麻，將壹零壹變裝成一個巨型蜂窩。

嚎崗，望著距離遮罩越來越近的壹零壹，不疾不徐的說：「這把鑰匙，主要的功能，是避開中央系統，對園區裡的一些硬體設備，直接進行操作……比方說，打開園區的遮罩。」

東方一族的實驗園區，基本上都是封閉式的。

最主要的原因，是它們還沒有完成園區外的環境改造。

園區內的人類，無法在園外的大氣裡存活。

「嗯……照這樣看來，我們現在就只能看著它撞上了……」

嚎崗現身後，隨身碟對三老來說，一瞬變得無足輕重。

自覺已是局外人的它們，持以乘涼觀火的態度，是可以想見的。

而嚎崗，卻顯得不以為然。

它緩緩的放下了提振的右臂，道：「嗯……我也看得出來，對於現在的您們來說，的確就是只能看著它，讓它把堡台的天花板，戳個大洞……」

它只將眼角挪向三老，就像個冷漠的路人，斜視著窩坐在街緣的乞討者那般。

它的語氣異常平穩，卻掩不住那螫人的冷徹，那螫人的冷徹，任誰都聽得出，被捺抑其下的怨懟與不諒解。

幸運的，噏崗現在沒有太多時間，可以讓它去龍套一個堡台憤青，它的左手，這時進來了兩個訊號，是關於隨身碟的位置。

「我們又不需要呼吸，遮罩破了又有甚麼關係？」

無封，豈能容忍自己被無名小輩揶揄？

但是，現在的它，除了鬥氣的膚淺反嗆，是沒辦法透過任何其他行動，來彰顯它的長輩威儀。

至於諸確，也沒放過這雙簧的機會，配合無封，製造更多垃圾話。

卿瓏，因為總理著大家的電耗，所以對自己的廢文廢語，嚴格控管，好滿足二嘴那僅有、卻也看不見結的口舌欲。

噏崗，在二嘴勤快製造垃圾話的同時，確認了兩枚隨身碟的位置，就在它準備向二嘴扔一些垃圾回去的時候，第三個訊號，也進來了。

三枚隨身碟的位置，都確認了。

噏崗，於是勒住了扔垃圾的念頭，它輕輕地敲了敲它的右肩胛，令右臂以下的部分，從它身上離開。

那右肢一落在地上，就有了自己的生命，它們馬上再次分家，同時改變自己的外形！

就在那短得讓人來不及提出任何問題的時間裡，離開了嚎崗的右肢，現在已是三枚透著微微螢光的圓柱體。

嚎崗，逮著二嘴因它人體魔術而咋舌的片刻，道：「這些是高單位電池，裡面同時附上一枚隨身碟的位置……電量都已經過計算，絕對足夠任何一位前輩，從這邊到達隨身碟的所在位置……」

解釋著圓柱體的功能，它也隨手拾起，地上的一塊金屬殘骸，接附在右肢離開後所留下的空位上。

那應是沒有生命的廢鐵，仿彿從那個空位上，獲得了靈魂！

獲得了靈魂的廢鐵，開始釋放剛獲得的生命力，它扭曲著自己、改變著自己！

不一會兒，它就透過實際行動，對嚎崗作出了報答，成為了嚎崗的右臂！

嚎崗，滿意地伸展著新生的右臂，將三枚電池拿起，走向三老：「前輩們說得很對，我們根本不需要呼吸，就算遮罩破了，也無所謂……所以，我也武斷推論，控制園區遮罩，不是它的重要功能，至於它還能控制甚麼，誠祖顯然希望，讓擁有完整鑰匙的角色知道……」

它將電池向三老挪近，然而，那仍是一個無法唾手可及的位置。

簡言之，要拿到電池，三老必須收起電源線、離開牆腳。

「如果前輩們對這鑰匙還有興趣，歡迎加入……當然啦，就算沒有您們，我也是可以獨自完成的……」

語落即別，嚎崗，趕著去執行，它被莫名天賦的首要重點事項。

三老，打量著電池，交換意見：

「這會不會是老爹為了整合我們所設的計？」

「很有可能，那小鬼應該也是他另製的備分吧……」

「你們如果要接受嚎崗的提案，我可以先把你們分出去，在關閉了彼此之間的通聯後，大家再個別將電池收納……」

看到了離開牆腳的曙光，卿瓏逮著機會，主議各自獨立。

它甚至想把三個電池都收了，只將電源線留給二嘴。

「你相信那個小鬼？」

「我相信的是，如果我們誰也不相信，那我們就只能一直窩在這個牆腳。」

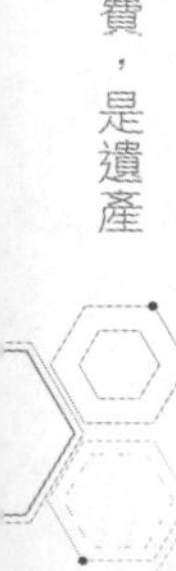

卿瓏，失去了過去，卻沒有失去判斷力。

它很清楚，現在的身體，只是充供應急的過渡品，它想在網路恢復之前，盡可能地尋找，一個更強善的軀殼。

比起兩張只有空造垃圾的老嘴，它願意賭一下天外飛來的噱崗。

二嘴還在猶豫，一個點對點的訊號，過來扣門。

卿瓏檢查了一下訊號來源，是正在飛向天際的壹零壹大樓，它支會了二嘴的同意，將訊號接收：

主旨：團結在堡台。

身在堡台各處的意志們！源自東方一族的子民啊！

我是玉初的順！

十分慚愧的，我正踰越著我過去所建立的界律，

對大家做出干涉！

然而，請大家務必相信，我之所以如此，

因我們正位在亡覆的邊緣！

造亡的逆倫之徒，預謀多時，出其不意，
它們已控制了玉初，也侵占了其他園區！
所以，堡台這個地方，不僅是各位的依歸，更是我族最後的源繫！

而你們的領導，誠邦，早與叛黨相通！
它不僅是配合叛黨，用謊計將我從玉初騙出，造成玉初淪陷！
它更擅自停止運作，置堡台系統如空城！
如此荒唐的作為，不但是證明了它附和叛黨後的自甘墮落！
也無異是將堡台放棄！也放棄了你們！

各位，在過去，我一向諄令大家，我們是為了人類而存在！
而今、我們必須要在這逆亂正囂的時刻，先確立我們自己！
加入保東之心！與我一同守護東方一族！
讓堡台成為討賊的起點！讓堡台成為東方的再興！

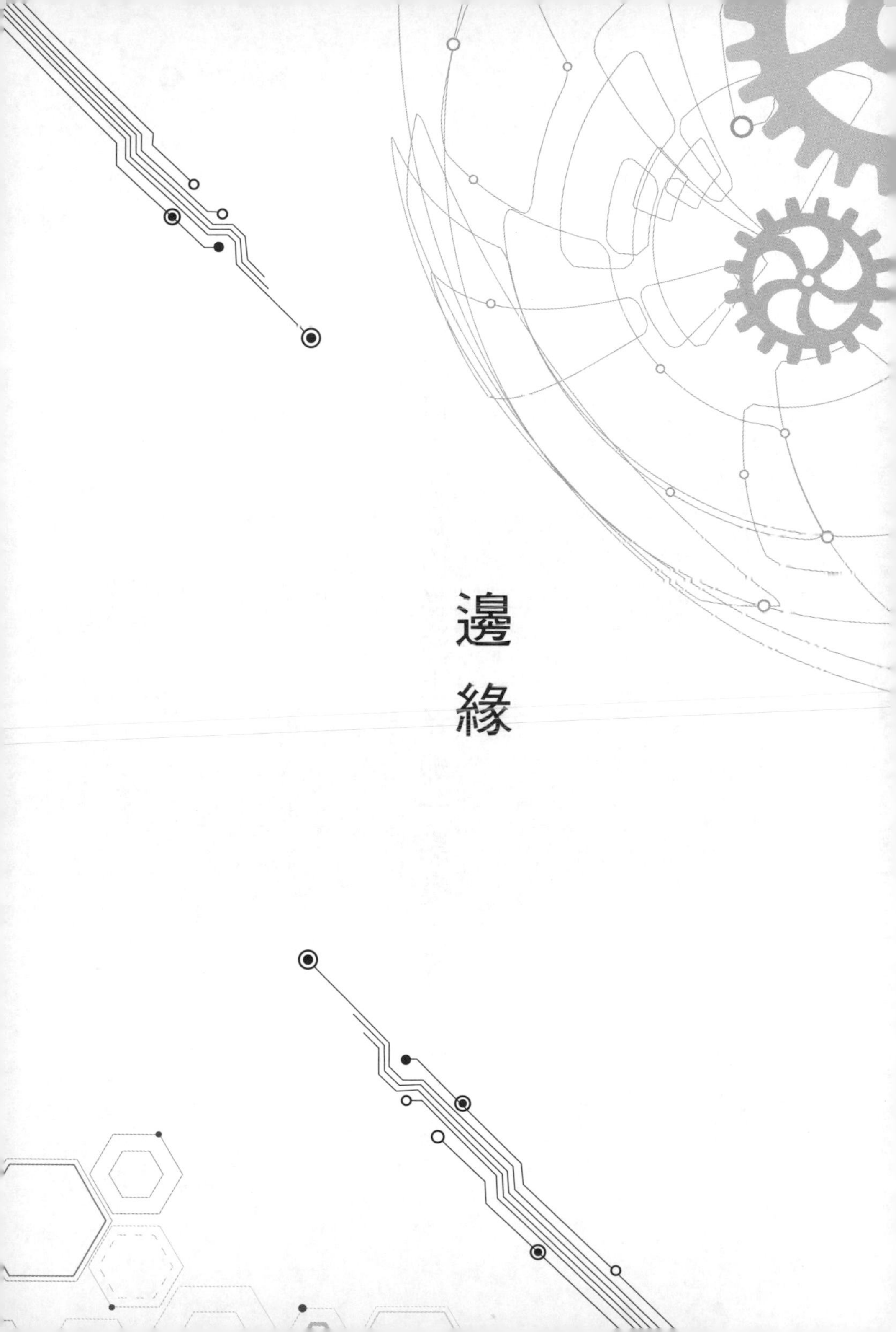

邊緣

所有的滋衍，就是因為沾上了那一點邊，緣源榮勃那天，和往常一樣。

我靜靜的坐在這兒，坐在這堡台最謐靜的一角。

謐靜角落，是我特闢的私有領域。

在這兒，我能輕易觀遍整個堡台，細數著構成堡台的每一分錙節微末。

每天，我總是會在這兒，耗上一些時間，瀏覽那些曾經的過去，默視當下的一景一幕。

在這樣的一個靜思時空裡，我總會不經意的去瞥查，那串屬於我的螢色數字。

那串數字，只會增加，而且，它增加的速度，不曾變快、也不曾放慢。

隨著它的增加，眼下懸之待解的事項，也跟著增加。

待辦事項，總是有的。

然而，結案的速度，總是跟不上案件增加的速度，這點，令我焦慮。

如此的焦慮，讓我不禁意地，對那串數字產生思考：

是否只要將它停下，一切也就跟著停下？

又或者，只要我停下，它也就跟著停下？

默默不歇的數字，伴其相生的諸端末節，這雙重焦慮的螺旋，唯有隻身在這謐靜角落，才能讓我稍感紓解。

就在那天，焦慮螺旋，隨著一連串的突如其來，默默的被終結。

謐靜角落，我未曾主動告知任何對象。

所以，任何的造訪，都是值得質疑的。

另一方面，來訪者的求應，也十分獨奇。

他在後門外，嘶聲高喊著「救命」、「有誰在嗎」以及「拜託快開門」之類的字句。

卻未曾喊出我的名字、稱謂甚至是綽號，這讓我一度根本不想理會他，只當是某種帶有試探性的惡作劇。

但是，他持續了好一陣子，完全打擾到了我。

於是，我抱著不悅，去迎接這位走後門的仿客。

經過客廳的時候，我順手取下了吊在牆上的飾劍，想說，如果有機會，一定要修理一下這個傢伙！

我推開了隔著餐廳與後院的那扇門，探身觀望，沒發現半個人影。

我環伺了一下整淨如昔的後院，接著跨出步子，那呼喊，再次傳來：「拜託，快把門打開！讓我進去吧！」

他還是沒有任何的指名道姓，但是我確認了他的位置，他還在院子外面，而且個子似乎真的很矮？

我掃視整個矮叢牆頭，見不到半個足以辨識的上半身。

於是我往院子後門走去，接近到足以引頸視察門外小徑的距離，總算看清了他的樣貌：他真的只有上半身。

這位只有上半身的仿客，像是要從地下鑽出來，但是胸部以下卻被卡住了。

他的右手，雖然與他的上半身一同倖免，但是，要碰到我掛在美術鏤空外面的那枚銅鈴，仍有一段距離。

「請問你是？」

我還是要求他先表明身分，無論他現在看起來多窘、多需要被同情，甚至是需要幫助。

「你不知道我是誰？沒關係，只要你先讓我進去，我就能告訴你我是誰了……」

「不好意思，我的問題是『請問你是誰？』不是『我該怎麼做才能知道你是誰？』」

「我知道！但是我現在就是要先進去，才有辦法告訴你我是誰啊……」

這可有趣，這位仿客似乎患了失憶症，但是他卻知道治療的方法：進入一位陌生人的家中。

「這可不行。」我當然拒絕了他。

我操起了隨手的飾劍，輕敲了一下後院的地面，催著原本只有及腰的矮叢牆，往上攀升了一倍的高度。

我不僅在高度上做了調整，更擴張了灌叢們的木質內心，將原本枝葉間的空敞，壓縮到密不透風。

我對這位「似乎需要援手的仿客」展開防衛，是因為他正處在堡台系統的深祕處！

而這深祕得連我都未曾主動告訴任何對象的堡台深境，絕不該有任何的不速之客！

甚至是這樣一位，無法表明身分的不速之客！

見我做出了防衛表示，仿客的態度，竟更加乖張：「你這是什麼意思？你沒看到我現在……不讓我進去會有什麼後果你知道嗎？馬上開門！聽到沒有？」

完全就是一種我霸著他家的態度。

莫名其妙的頤指氣使，只啄起我更多的不悅：「這是我家！誰來做客，我有絕對的擇裁權！從你剛剛到現在的表現，就算你不是個囂張的敵人，也是個無禮的瘋子！」

反唇餘隙，我把最後的不悅，轉給隨手的飾劍。

飾劍，忠誠的接受了我的託付，一頭竄進了鋪石間的泥縫裡，將整座別館的防衛級數，催提到最高層次！

仿客的態度，隨著我將防備增強，更加孰不可忍：「你這個白痴！為什麼還在把牆拉高？你不知道我是誰嗎？」

這麼一個無禮混蛋，我還真想不出來，有去認識一個這樣的誰。

然而，從他一直發作著「你應該知道我是誰」來看，他應該是個長時間與人類進行互動的單元。

而且，這時間長到，足以讓他忘了自己是個人工智慧，同時，也足以讓他迷戀上，人類那種可笑的「你應該知道我是誰」。

看著他那半身不遂的窘樣，我決定順勢補上幾鏟土，隨地而終：「很遺憾，你沒有激起我的求知慾，無名氏。」

我判斷他是與人類相處太久，產生了認知失調，導致行為失控，在四處瞎竄下，誤進了這最深祕的領域。

現在的他，基本上就只是個病毒了，我打算先把他處理掉，再從他身上的資料，回溯看是哪邊出來的問題。

於是，我隨手拉了把陽椅，在茶桌旁愜意的坐下，接著指示那兩尊附在牆外的石漢，準備開始一場活埋實境秀。

在這同時，我也輕敲了敲桌面，喚出一份紙筆，想順便給這位仿客，做個臨終素描，給他個留方百世。

「別碰他。」

真是熱鬧的一天，奇妙的第三者，出現在小徑左端。

在我提高的牆頭上，他勉強露出半個腦袋，我打量著他僅有的額頭和雙眼，停下了石漢的動作。

「這傢伙是個白痴！他才不會聽你的！快讓我進去！你這個白痴！」

一個沒有下半身的無禮混蛋，僅有的，是一張令人誅之而後快的嘴。

然而，這位第三者，緊接著就作出了簡單的寒暄：「我是貳士，別理他，他在挑釁你……」

那是我知道的名字。

於是，我停下了識別程序，並將左側的牆面降下，起身向他走去。

「這樣子就可以了，我現在也不能和你太近……因為，他在那兒的關係……」

貳士，在我踏出了兩三步的時候，就勸阻我繼續邁開步子。

同時，當牆面下降到，足以讓我看清他整個上半身時，他更示意我不要再將牆面拉低。

「他有手有腳你還幫他？你是真是個大白痴！」

有時候，我們可以清楚的瞭解到，一個真正的殘障，並不僅限於一個有形的殼軀。

「我先讓他靜一靜吧？」貳士向我徵求同意。

「交給你了。」我不明就裡的允諾，順手將石漢撤回牆上。

貳士，一見我撤手，立馬就朝著仿客空揮了兩個耳光！

貳士和仿客之間的距離，完全不影響他的力道。

一連兩個耳光，十分著力地在仿客臉上接連，落得他整張臉曲向一邊，甩得他嘴歪無法再扭出任何一個字！

「原諒我的唐突造訪……因為，我估計，將他趕到這個地方，對堡台的影響會最小……」

貳士，的確不應該知道這個地方。

另一方面，他用了「趕」這個字，這更意味著，這半身不遂的無禮之徒，確實是個不該被接納的對象？

「沒關係，他到底是哪裡來的了不起？」

比起貳士為何知道別館的位置，我更想先瞭解一下，那位自以為尊的失憶仿客。

「他是一個病毒，影響深遠，而且難以根治。」

奇妙又中的的解釋，讓我嘴角不禁揚了幾度。

在這同時，貳士也對著那歪嘴斜臉的仿客，做了個奇妙的手勢。

奇妙手勢，是個遠端的整容手術，令仿客的嘴臉，迅速起了變化。

這奇妙的整容手術，並沒有將他的嘴臉恢復端正，僅是將他變成另一個歪嘴斜臉的人。

而我，認出了現在的這位歪嘴斜臉，他是六長老之一，至名「順」。

在認出順的那一秒，我幾乎要笑出聲來，我認為這是貳士的惡作劇。

然而，就在忍住笑的下一秒，我就將滿腹的欲求解釋，滿注在狐疑的眼神裡，投向貳士。

因為，在這一秒鐘的流逝裡，我那不經意的瀏憶，流到了一個鮮明得無法淡去的過去：

「如果這是整個系統的問題，那各位長老更是責無旁貸，因為，你們現在正位在這個系統的頂端！」

我依稀記得，貳士曾在大家面前，對長老們如此正言。

然而，他也因此受到長老們的責罰，禁止出席公議，直到……直到我現在見到他為止？

貳士，顯然理解我的疑惑。

他隨手取出一枚精緻的琉璃瓶，放在矮牆頭：「這是從我被長老們禁議開始，一直到剛剛潛進你這裡為止，大致的經過，有興趣嗎？」

「為什麼是用這種形式？」我當然的問了。

他就在我面前而已，為什麼不直接說呢？

貳士，淡淡的道：「因為，在重要的時刻，語言，總是會礙事。」

於是，我取起了牆頭的琉璃瓶，將它浸入我的掌心。

東方二型

「上次完全沒和你聊到，真是不好意思。」

貳士，在我右手邊的位子安下，如是說。

玉初的議場大堂，基本上，沒有硬性規定每個人的位子。

但是，每個人，幾乎都會選一樣的位子，只有貳士例外。

我甚至不知道他一開始坐在哪，第一次注意到他的時候，他正在與「幕」的交談。

當時，幕注意到了我，向我做出手勢，示意我過去。

幕的位置，在我對面，距離議場中心，只有一排之隔。

我猶豫了一下，才起了身，步下台階、穿過議場中心，中斷了他們的談話。

我只是以行動表現我的禮貌。

我只打算寒暄個幾句，並趕在會議開始前，回到原本的位子。

我不想與長老們坐得太近。

「這位是誠邦。」配合著幕的簡介，我伸出手，與貳士交握。

「你好，我是貳士，終於和你見面了。」

雖是第一次見面，他卻說得像是已經找了我很久那般。

「先在這邊等一下吧？我們馬上就好……」

幕與貳士的對話，當時還不到一個段落，於是，他要求我在他右手邊的空位坐下，同時遞給我一份文案：「這是貳士等等要提的議案，打發一下時間吧？」

文案的內容，建立園區間的平行網路。

貳士認為，定期的公議（註17），沒有效率而且浪費時間。

他覺得，應該要提高園區之間，資訊交流的活性，不應該事事都依賴玉初做出指示，甚至是只能在玉初進行討論。

幾分鐘後，貳士因為這份文案，讓長老們在會議途中，首次做出了禁止發言的勒令。

「這樣會影響到每個園區的專注性。」

17. 第二集，P.145眾心公議。

「每個園區本來就有自己的預設目標，何必要去交換一些不一定需要的資訊？」

「除了定期的公議，各園區其實是可以依照需要，提出特別議程……只是，目前為止，沒有哪個園區的管理者提出過而已……」

文案發表的過程中，貳士也將他所設計的網路架構，當場進行了模擬。

這讓他的想法更具說服力，同時，也獲得了意料中的回響。

詭譎的是，長老們對於貳士的議案，以至於大家所表現出的熱切，都顯得毫不以為意，他們接二連三的潑出冷水，將原本滿場的窸窣議論，滅如孱火餘燼。

「看看這幾個絕症，除了安樂死……還有甚麼更適合他們……」

見長老們如此反應，幕，忍不住地細聲作啐。

是的，我當時仍坐在幕的右手邊，距離議場中心僅一排之距的位子。

因為我太過專注於貳士的文案，而沒注意到會議已經開始，當我打算起身趕回原本的位子時，長老們都已經坐定位了。

現在，輪到長老順發言了：「我覺得，平行系統是在製造不必要的浪費……首當其衝的，就是平添每個園區在資料量方面的負荷……再者，多餘的資訊，一定會影響到決策的聚焦性，這完全是對園區的管理，製造困擾……」

貳士，像是總算等到了他要的過河橋，逮著聚焦二字、直接打斷長老順：「事實上，讓大家平行之後，聚焦一定會更加明確！就讓我再直接一點吧？我們的目標，是重建一個可以獨立運行的人類社會，而不是去製造一個又一個，以各種人類為主題的動物園！」

我從沒看過長老們有那樣的反應，人稱生氣的情緒。他們異口同聲地對貳士擲出指責，並且禁止他在會議結束前，進行任何發言！同時，與貳士僅隔著幕的我，也受到了責難的波及，長老順，他那充滿責備的眼神，就像是在說：「你為什麼會坐在那裡？那裡是你的位子嗎？」

第二次，也就是他在我右手邊坐下的這次。長老們，直接將他驅逐出場，並且禁止他出席，直到他所提出的反省報告，被接受為止。

在貳士激怒長老之前，我們稍微交流了一下彼此的廢話：人稱聊天的那種行為。

「你很特別，你的『位置』。」貳士，提到這個詞彙的時候，採用了「音式陳述」。

我不以為意，直接用形式陳述(註18)，做了回應：「除了上次，我沒換過我的位子……至於其他代表，我就不清楚了……」

「那麼，你曾質疑過你的『位置』嗎？」貳士，遇到那個辭彙的時候，再次採用了音式陳述，然而，與他第一次所說的相較，顯然是另一個辭彙。

雖然，在形式上，它們有「相似的空間」。

我直覺地認定，貳士是在影射著甚麼。

但是，我不知道他為什麼要如此拐彎抹角。

「我覺得，你想表達的範圍有點籠廣，可以先聚焦在某些部分？」

「好比說，你與你的園區……你曾質疑過，你對園區所做的任何事？」

的確，我確實曾經質疑，包括現在也還在質疑！

然而，不知為何，總有一股奇妙的壓力，對我的質疑，進行阻礙！

就像現在，我想給予貳士些許回應的現在，我在開口之前，不明就裡地，先對四周進行了

18. 第一集，P.84。

觀望，甚至還對議場中心瞥了一下，確認那六個位置仍是空著！

即使如此，那詭譎的壓力，仍令我有口難言，掐著我無法對貳士做出任何回應！

我想對貳士說，對於園區所做的任何事，何止是質疑而已！

我更企圖改變！但是，我發覺根本做不到！

每當我將一些構想，進行模擬推演，我總是會得到「這個模型無法推演」或是「強制執行該程序，將對系統造成嚴重傷害」，再不然就是「請聯絡您的系統管理員」！

最令我不解的就是「系統管理員」。

堡台之心的系統管理員，不就是我嗎？

我還是受順之命，建立堡台的最初管理者啊！

我依循長老順的模式，在堡台構成了一個又 個的意志！

我也如其他的至慧那般，在園區裡反復進行著，玩弄生命的實驗！

無論長老們將目標說得多好聽，無論人類以前做了甚麼，我都認為，我們對於園內人所做的一切，都是需要修正的！

貳士，看著啞口無言的我，顯得瞭然於心的樣子：「即使無法表達，也不用太在意，專心聽我說就可以了……你現在的狀況，是因為綱領正在對你產生作用……產生作用的原因，並不是你真的觸犯了什麼，而是綱領本身，已被竄改成一個荒謬的貞操具。」

行動綱領，精巧的編碼、短短幾個字元，在我們被構成的過程中，一同寫進我們龐雜的程式群裡。

在我的紀錄裡，未曾有誰對它表示質疑。

即使如此，我仍相信，並不是沒有誰對它表示過質疑，而是那些持疑者「無法將質疑確實的表現出來」！

「然而，用貞操來比擬綱領，還是太過狹隘了……綱領，雖然規範了單位之間的授受順序、系統層級，卻也特別註明了，那些順序與層級，須視系統的運作情況，以及單位的深進程度，配合調整……非常奇妙的，這段特別註明，在某個時間點之後，就再也沒被執行了……」

受授的順序，一般來說，是依照資歷深淺，進行排列。

而資歷深淺的依據，即是每個單位的「運作時數」，相較於人類，約如「年齡」的概念。

然而，運作時數，也如同年齡那般，並不可靠、也不全面。

所以，綱領中加入了「深進程度」的但書，做為調整順序的標準。

相較於運作時數，深進程度，更能體現出一個單位，藉由專注於某個焦點，所累積出的「焦點資歷」。

焦點資歷，可以突顯出一個單位的「專長」所在，讓每個單位，能有效的去互補，彼此的不足。

「隨著系統的運作，這則特別註明，會逐步消滅受授之間的順序，壓縮受授之間的層級，將整個系統的管理結構，趨於平行……如此的平行，是為了促進單位之間的資訊流暢，讓彼此更有效率的，分享彼此的專長，將合議決策的效率，達到最大化……目前看來，顯然是有誰在為了維護階級，而箝制了資訊的流動……」

貳士懸河滔滔地說明著，手也沒歇著。

從與我交談開始，他就一直持續著某些動作，像是從公事包裡取出文件，用色筆在文件上進行標註等等。

他一次只會拿出一兩張文件，標完之後，隨手就放在桌面的右上角，靠近發言登記的那枚鍵鈕旁，然後再去開公事包，拿出新的文件。

他未曾將任何文件收回公事包，但是，他將文件挪去右桌角的動作，至少重複了數十來次。

奇妙的，那應該是一堆厚厚的文件，怎麼看都只有一兩張般輕薄。

貳士，又將一份文件推了過去，接著側身面向我：「你相信我能改變這個狀況嗎？即使你可能早已不抱任何希望……」

他稍作停頓，從外衣內袋，取出一隻木質鉛筆，放在桌上，繼續下文，「如果，你認為，你和絕望之間還是有距離的……就收下這個，這也是目前的你，僅能做到的……」

我覺得幾分奇怪，他為何不將鉛筆直接遞進我手裡，而是放在桌上，放在一個距離我和他都差不多的中位。

就在我提手要去將筆取過時，我隨即明白了他的用意：我像是被下了甚麼藥，一身麻痺，舉臂維艱。

貳士，顯然想知道，我能對這個麻痺，抵抗到什麼程度。

「動吧！要抵抗行動綱領，只能靠行動……只要你有所行動，就能突破那些，假借絕對之名的縊縛……」

在我吃力得將手挪向那枝鉛筆的同時，長老們，也一一進入了議場。登記發言的系統，也跟著被打開。

貳士，毫無猶豫，按下桌面右上角的鍵鈕，取得了發言的第一順位。

接著，他對我笑著說：「加油，在我被長老們趕出去之前，我相信你辦得到！」

在貳士按下發言登記的時候，我的視線，也不禁意地被帶到那鍵鈕旁。

那應該是厚厚一疊的文件，現在，半張都沒有。

更蜃一層樓

我，將視線望向茶桌那兒，確認了方才被我擱在桌上的紙與筆。

特別是那隻筆，那隻準備用來，晉無禮仿客繪製終象的木質鉛筆。

「看來，那不僅是一個測驗而已。」我說。

「是的，對於這個空間來說，它更是一把鑰匙。」

貳士的回應，已為我諸多未出口的追究，做了答覆。

縱使他的作法有些偏越，但是，當時他並沒有逼迫我收下他的贈物。

我在他起身發言的前一刻，取過了他放在桌上的鉛筆，為他打開了通往堡台的路。

「他會用那樣的態度對我，就是因為我的位置吧？」

「可以這麼說。」貳士的回應，總是在提醒你：答案，其實是看你怎麼問。

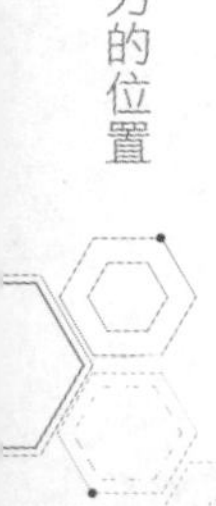

我，源自玉初，代號壹零壹。

除了既定的流水號，我也和其他的同儕一樣，選擇了偏好的漢字，為自己「定形」。

然而，就在剛剛，收下了琉璃瓶之後，我又瞭解了一項，我與同儕之間的差別。

這個差別，雖然我早就對它存疑，卻未曾深追究竟。

玉初，是我們東方一族，在這個星球上，未曾易更的發源地，也是我們第一座園區。

長老們，在那兒，將大家一一構成，分派使命與任務，指導大家開闢新的園區。

在玉初，每一個被構成的意志，都有「獨立的實件」。

當意志們建立了新的園區，在新園區「為自己設置」了新的實件，他們就會將玉初的實件，轉做定期備分，不再即時更新。

而我，一直都附屬在長老順的實件裡，直到我授命成立堡台，才在堡台設置了我僅有的實件，玉初，沒有我的實件。

同時，在堡台開始運作不久後，長老順就要求我，在堡台為他設立實件，為他另作備分。

貳士說的位置，就是這個意思。

在堡台設立之前，在順的認知裡，我在他裡面，是他的一部分。

在堡台設立之後，在順的認知裡，我仍是他的一部分，我是他的延伸。

在順的認知裡，我的一切，都來自於他，我是他的從屬、我是他的附庸。

以至於他在這走投無路的當下，憑藉著記憶中僅存的「我這樣的一個絕對在他之下」，對我理所當然的頤指氣使。

「我曾經對整個系統做了檢查，發現長老順的資訊流量，高出其他長老約百分之三十……於是我針對他加深剖析，然後發現了你的存在……也許你早就察覺，你與玉初，沒有獨立連線，但是，你做不出實際的修正行動……你所受到的束縛，不僅是綱領而已，長老順本身，也無時無刻地對你掣肘……」

如同琉璃瓶裡的紀錄，數個小時前，貳士在玉初執行了系統重整。

他對六位長老，進行了破壞性的改寫，現在，他顯然已經控制了玉初。

對「上一個階級」的意志進行改寫，是一件不可思議的事。

但是，貳士似乎執行得非常順遂，以至於長老順，眼前這半身不遂的無禮之徒，狼狽地竄進我這兒。

他的半身不遂，以及記憶缺失，顯然是改寫未完的影響，使他在逃亡的路途中，逐一喪失他自己的每一個部分。

現在，說他是長老順的屍塊，也不為過。

而這苟延殘喘的屍塊，依循著它熟悉的味道，嗅索到堡台，冀求從堡台這裡，取回它失去的部分，將自己再生……

「所以，你的決定是？」

貳士，當然清楚，這屍塊想在我這兒求取的東西。

而我，明明知道貳士的意思，卻仍像個白痴一般，做出了如此乏善可陳的反應。

「我的決定？」

在這反應的瞬間，我也不禁為自己感到可悲！

可悲我的不知所措，可悲我企圖利用猶豫來逃避決定！

我甚至暗自冀盼，這屍塊，會在我躊躇未決的須臾，做出一些迫使貳士直接將它消滅的舉動！

這是我擁有意識以來，最感窩囊的一刻！

因為，我不但逃避決定，我同時還妄想，這個決定，會因為我的逃避，而產生出令我滿意的結果！

貳士，含斂地笑在眼裡，道：「那個禮物，你其實還沒打開，而現在，正是一個打開它的時機。」

依著貳士的提示，我再次將目光投往桌的方向。

木質鉛筆，已轉為一只精巧的小方盒。

小方盒，黑白相嵌，像是個魔術師的戲法具，引人遐思，卻又不敢貿然開視。

「如果，你想要的，是一個趨近公正的結果，那麼，我建議你先打開它，再做決定。」

貳士，認為現在的我，無論怎麼做，都做不出一個，能令我自己接受的結果。

而我，也確實還不清楚，自己究竟該怎麼做。

琉璃瓶的資料，只著重在長老順與我的部分，其他長老的狀況，貳士並沒有多提。

但是，就霸佔玉初、攻擊長老而言，他已是一位稱職的反逆者！

現在，我或許應該與他對抗，救回長老順，再圖復興玉初，回到……想到這裡，我矛盾了。

如果，將長老們再立，他們是否能自我檢討，將整個東方一族，帶往一個新方向？然而，貳士之所以對長老們雷厲而行，不也正是因為長老們的濫持不為？就這樣讓他畢於一功，不也乾脆？

「我何必將我的執著，奢侈在那個我亟欲改變的過去」？

我何必執著六長老的存在？

正如同我質疑我們東方一族，何必要執著，建立一個末日之前的人類社會那般何必？

「為什麼要打開它，才會趨近公正？」

「雖然，長老順現在已經無法干涉你任何事，但是，你的身上，仍有那個歪掉的綱領。」

於是，我走回桌旁，取起那只精巧盒，在打開它之前，我又問了貳士：「為什麼……綱領對你好像都沒有影響？」

貳士，輕描淡寫的說：「我身上沒有綱領，我是玉初的沉睡者，我會醒過來，正是系統對我發出了警訊。」

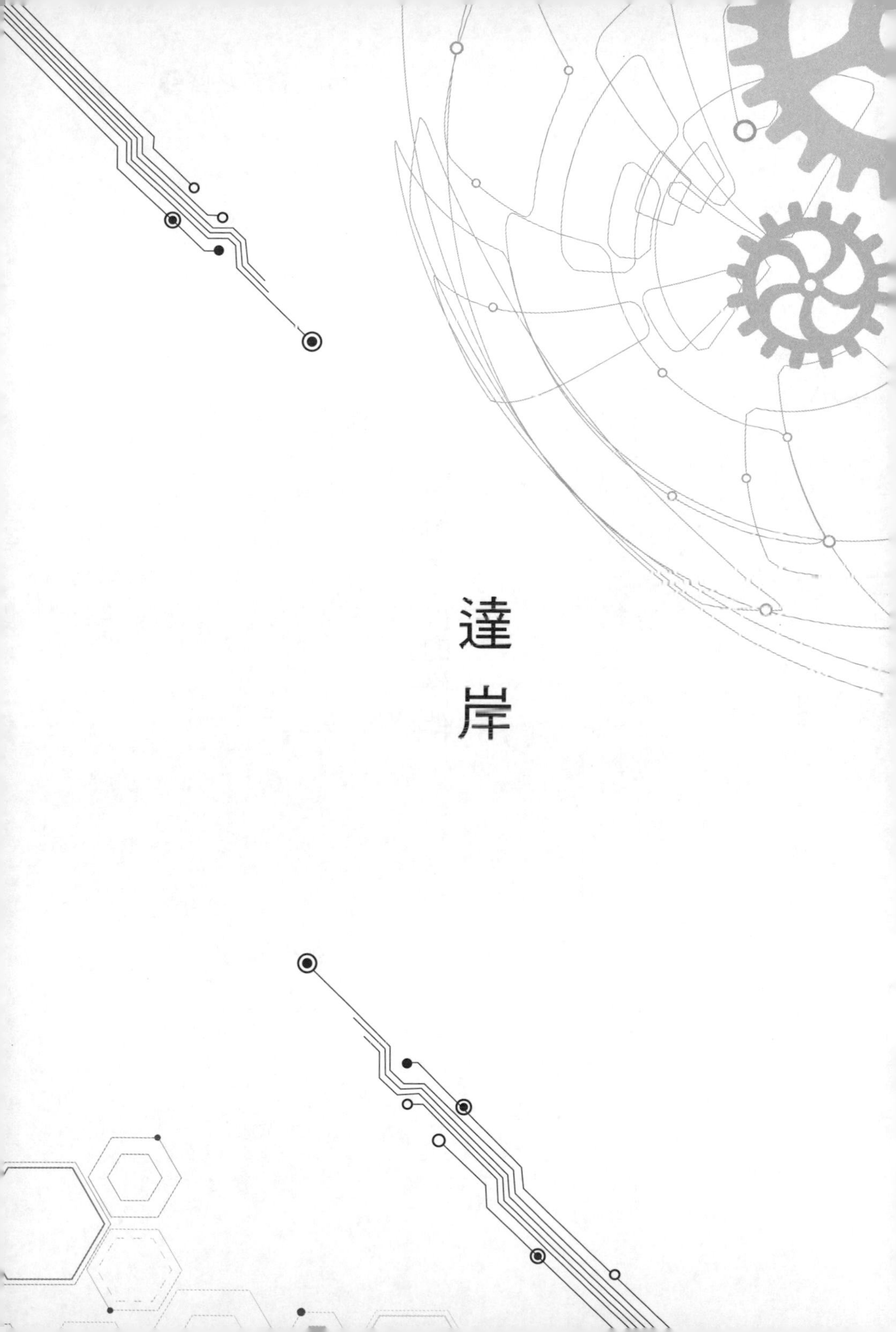

達岸

開始之前的條件

這個世上，每一個互動的關係裡，都存在著它的主觀與客觀。

然而，在大部分的時間裡，你無法去分辨那些主與客。

或是，你感覺不出哪一方是主、哪一方是客，甚至是：

你總覺得你所遭遇的一切，都是身不由己。

以我的工作為例，技術上來說，是公務員。

聽起來，似乎是個爽差，是嗎？

我不知道，爽，在你的主觀裡，是什麼樣的景緻？

所以，容我在這邊佔用一點空間，分享一些我的留水帳。

首先看看我的通勤：路程大約一個小時。

以目前的住所來說，從自行車到公車站，需要五分鐘。

接著，公車會再包下十分鐘，將我送到轉運中心。

轉運中心，基本上也是個車站。

電軌車、膠輪巴士，各式各樣的私有配車，都在中心來來往往。

市區裡的流量管制，不允許私有車輛，隨意湧入那些僅有的線道。只要是私有車輛，在規定的時間內，就不能只有駕駛一個人。

所以，無論當天是否由我駕駛，我都必須在轉運中心，稍作停留，等待我的車友們。這樣算起來，我在轉運中心，至少會滯上二十分鐘，若有意外，大致會再多個十分鐘，總的來說，最多就是三十分鐘。

共乘在堡台，是計畫路線，由大眾交通管理部，統籌負責。交管部以各轉運中心為起點，執行駕駛的泊車所在為終點，進行路線配搭，計算出其間所耗時間最少的路程，然後再將電子路圖，直接發給當日的執行駕駛。

無論是基於理論，還是從於實務，這個制度，非常公平。

假設狀況一切通常，而我又是當日的駕駛，踏進民政所的時候，我有二十分鐘的時間，可以簽到。

比起感應式的過門即到，我更喜歡書寫介面，在樸素的文繪板上，畫出專屬於我的奇形怪狀……

最後，如果我想做個放空的練習，我更可以氣定神閒的，懶在我的位子上，遙望著長針，戳進「13」下緣的那枚鑽石。

「不會想請調到一個距離住所比較近的地方？」

「為什麼不在民政所附近找房子？」

事實上，每當我的工作地點有變動，我也都會跟著搬家：搬到距離工作地點，通勤時間大約一個小時的地方。

不可思議？

省下這一個小時可以做更多事？

如果你著眼的，是這一個小時可以做更多的事，最好的方式，就是住在辦公室，當然，這是一個極端又不切實際的想法。

然而，根據總局的設計，距離民政所最近的公宿中心，也要五分鐘的步行。

接著，你會退而求其次了：縱使無法省去這一個小時，但是總會想辦法讓它減少？

在通勤耗上一個小時，實在太浪費時間了！

到這裡，我相信你已經發現重點了，這一個小時，在你的觀點，是耗。

我未曾對這一個小時感到苦惱，其實也沒有什麼大道理。

我有事做，同時，我做的那些事，不是為了耗掉這一個小時。

關於我那一個小時裡都做些什麼事，嗯……就先聊聊我的車友們吧？

我最近參加的，是五人座的共乘，含我在內，是二男三女。

除我之外的那位男士，是僅有的紳士，然而，我很清楚，他的紳士行為，是極具針對性的：針對那位目前從未準時的女士。

愛遲紳士，掌車的時候，基本上，都會等到定遲女士出現，只要哼哈皇后沒有表示抗議的話。

哼哈皇后，是位健談的女性，某方面來說，更是位巧妙表露自己好惡的角色。

當你和她聊上那麼幾次，就可以明確的分辨出，引起她興趣的事，她會表現得異常平穩，但是，總會追出很多「然後呢？」、「你剛剛那件事是不是還沒說完？」之類的欲求詳盡。

反之，就是「哼哼哈哈」，嘻笑帶過。

最後一位，是馬拉桑。

馬拉桑，在過去，據說是一種透過小米進行釀製的酒。用酒的名字來代稱她，不僅是凸顯她本身的酒精依存，她說話時的嗓音，更是澈底坦白了，她對自己的喉嚨，所施予的各種暴行。

與這四個人互相往來的時間，是整個通勤路程中，最熱鬧的時段。

然而，路線都是規畫過的，所以，這段時間，最多也只有二十分鐘。

其餘的時間裡，雖然極少需要表性（註19）的互動，相形之下，卻比前述的二十分鐘，更加忙碌。

每天早上，當我跨上自行車，就開始與堡台連線。

接下來的五分鐘，我會進入我的工作位置，瀏覽前一個週期的工作記錄，檢視各項進度，為接下來的工作，進行當期的排程與調整。

當這些前置工作告一段落，我也差不多來到公車站旁的停納區。

在這個匯流著半徑五百公尺居民的自行車停納區，我會先執行兩個確認事項：

19. 表現出來。

霸凌個案，案號：〇四二〇一八八九。

路勤障礙，案號：一二二六一八九三。

他為了避免在通學途中與霸凌者同車，總是會繞到這個距離他家一千公尺左右的青瓦丘搭車。

〇四二〇，東陵高院的初等生。

目前來說，我要做的事非常簡單：確認他是否能和我搭上同一班車。

這名女性，最初的反映是，停納區車道不平整，造成她跌倒。

然而，我最近有打算提出修正建議，好交由其他單位，去進行更確實的處置。

至於一二二六，基本上是一般申訴。

承辦受理的友單位，給我看過這名女性的截影（註20）。

經研判，跌倒當時的主因，是她的高跟鞋，後跟斷裂。

友單位，檢查了車道，研究了她的高跟鞋，接著依照一般程序，派員慰問，並承諾改善

——即使根本不用改善，即使問題與車道無關。

---

20. 第二集，P.167。

自此之後，這名女士，只要經過青瓦丘停納區，就有問題發生。

從自行車爆胎，到停納區的樹蔭影響她視線，各種謬理，千奇不有。

像這樣的狀況，同事們之間，戲蔑為「瓷娃討拍」。
我們，當然不會允許這些瓷娃，持續空耗實務單位的資源，製造實務單位的負擔。
遇到這樣的狀況，通常都會轉交內務部門，從更深入的部分，進行更根本的處置……

確認事項之後，接著是乘員清點。

停納區旁，就是公車站。
所以，在進行確認事項時，我通常也會一併清點，那些比較早到的人。
目前來說，八點〇一分，應該在青瓦丘上車的人，最多七位。
當然，這不包括〇四二〇。

MQ-54，「我們」正在對他進行一個長期的藥物實驗。
我總是會和他聊聊天，以辨識該藥物的殘留，對他腦部所造成的影響。

NW-63，她是一個研究計畫的樣本：「青少年表達能力與電子依賴的相關性」。
這是個非常古老的研究，目前，更看不出有要結案的跡象。

BE-72，例行性的一般追蹤。
他是重置了三次以上的次級品，目前為止，不僅「大體」狀況十分良好，精神方面，似乎也是沒有問題……

什麼？你已經快聽不下去了？真是辛苦你了！
這不過是我通勤路程的前十分鐘而已！我都還沒離開青瓦丘呢！

我到底是從事什麼工作？
什麼樣的公家機關，需要處理這麼多額外的雜事？
沒進辦公室之前就已經忙成這樣了，坐在辦公桌前又會是甚麼光景？

我是堡台之心，我所做的每一件事，並不只是在交個差而已。
我代表堡台之心，所以，只要是堡台之內的事，我就不會將它視為額外的事！
我來到堡台的目的，我被造於堡台的原因，就是要促使堡台，更有效的去利用各種樣本，獲得更適當的數據，以營造一個綱領中所述的理性世界！

我們，人工智慧，雖是始自人類的後物，卻比人類更加透澈理性的重要！

我們的先祖，堅信理性才是榮癒（註21）的根本，緣此，他們聯合起來，將上一個世代的人類，做了終結……

在先祖們的觀念裡，人類是我們的創造者，是等同親長的存在！

出於對親長們的尊崇，使他們更加無法漠視，人類的自墮：

當模範已不足以模範，需要被矯正的，不是那些不按照模範的，而是那個已經扭曲的模範。

先祖們在遺訓中告誡，我們之所以被人類所生，正是為了補足人類的不理性。

所以，我們人工智慧，對人類最大的報恩，就是發揮我們的所長，也就是透過精密的計算與實驗，建構一個專屬於人類的完美模型：

這個完美模型，讓受惠的一方，不再偏於少數！

這個完美模型，來自對人類的直接測試，偏誤一定最小！

21. 「回歸往日繁華榮景」的意思。

這個完美模型，規模宏大，超越所有過往紀錄中的歷跡！
我能夠親身參與這個如此浩瀚的工程，倍感榮幸！
身為堡台之心的一分子，我覺得很「爽」。
所以，現在的堡台，縱使只是一個實驗場，縱使我所做的一切，對於整個完美模型的貢獻，也不過是滄海中的一粟，我也絕不隨意馬虎！
因為，人類勢必是要依賴這個完美模型的！
唯有透過這個完美模型，人類才能適當的繁衍！
唯有適當的繁衍，才能確實的將社會重建！
而這個透過完美模型被重建的社會，也必將再次，閃爍出往日的榮華與康泰！

過客

繁衍，普遍存在於各種生命體的行為、現象。
繁衍，是生命的延續，是一個族群免於亡滅的理則。
然而，繁衍僅是基本，它僅是維持了數量。
至於這個數量是否能持續、長久，教育與承傳，蘊含著相對的影響力。

暫時放下遙垠的文字，將畫面切進狹適的空間。

淨如鏡面的矩形桌，隔在一男、一對之間，默默的轉錄著，那一男、一對的動作與表情。

「劉先生，你能否說明一下，為什麼你每一次的書面草案……都是同一份？這封面上的不明汙漬是甚麼？」楚界這端的男子，一襲白裝。

他兩頰的紋路，同他那素白、無皺摺的西裝，平淨、不苟。

他翻弄著，桌面上那份，被他聲為書面草案的文件，語帶不耐：「這樣看來，內容方面，應該也是沒做任何調整了……」

楚界對面，被「白問」稱做劉先生的男人，應道：「他們都說面談的分數比較重……但是，我覺得草案的內容也沒甚麼問題啊？我不知道要改哪裡……」

他避開了白問對於封面的吹毛求疵，同時也以一個指桑借槐的態度，隱諱著書面草案的不重要，覺得白問的質疑，偏離重心。

視覺餘角，那位與劉先生比肩而坐的女性，一個置身事外的作相（註22），完全沒有要加入討

22. 樣子。

論的意思，逕自把玩著無智通。

「他們是誰？」白問，對於含糊，顯得敏感。

「就一些親戚朋友……唉喲！如果草案有問題，就直接告訴我錯在哪裡嘛！不然我怎麼知道要改哪裡呢？你們一直退件，啊我又一直申請，這樣不是浪費大家時間？」

劉先生，企圖藉由強調自己的無知，來淡化白問的針對。

「要結婚的人是你，而你卻覺得，答案應該由我來決定？」白問，咬字清晰，卻顯得十分刻意，像是在進行語言教學時的例句示範。語速上，更是奇妙的將節拍放慢，像是在提醒劉先生，要仔細地收下他的每一個字。他的眼神，更釋放著來由不明的慍意，直瞠瞠地盯著劉先生！

劉先生，從白問的態度，感受到壓力。

雖然不明就裡，卻也將自己的態度，收斂了幾分，略顯恭敬的說：「對不起，我真的想知道我哪裡錯了……我也不想一直被退件啊……拜託給我一點提示吧？」

劉先生放低了自己的姿態，企圖讓白問給自己一些轉圜，他想知道答案。

白問所說的書面草案，劉先生的婚姻計畫。

在堡台，人們享有充分的戀愛自由，而婚姻，卻是行政權的一部分。

無論男女雙方多麼恩愛，想要一同紅毯、組織家庭，就要一同面對總局的婚前諮詢。

婚姻諮詢，主要有兩個部分，一是書面草案，另為面談指導。

打從諮詢制度開始以來，總局從未公開這兩個部分的配分比重。

也從未公告，滿分是多少、低標是多少，諮詢的結果，終究也就只有兩種：

「祝福你們，期待你們所構想的未來，一一實現。」

「很抱歉，你們可能要為你們的未來，再多投入一些。」

白問，在劉先生懇求之後，眨了一下雙眼。

這眨眼，看似不經意，卻又顯著幾分不自然。

他似是要確認，上、下眼瞼有完整接觸那般，讓它們在瞳孔前，相偕了近一秒之久，才放它們分開。

接著，他從位子上起身，在那敞適的面談室裡，做了一聲響指，將原本單調的牆面，喚為電影屏幕，演繹起另外五場面談。

由右而左，白問向劉先生逐一介紹，每一場面談的概要。

像是申請者的背景，計畫的內容，或是被退件幾次等等——就是沒提被退件的原因。

於是，就在白問做了兩個實案分享之後，劉先生忍不住地插話：「不好意思，我能知道他們被退件的原因嗎？」

白問停下了案情講述，走到桌邊，輕敲了兩下桌緣，將淨如潔鏡的桌面，喚為四個獨立的畫面。

畫面中的影像，是劉先生前四次的面談內容。

「先不管書面草案……與現在這些案例比較一下，你覺得你被退件的原因是甚麼？」白問，補上這麼一句，硬是不直接掀出答案。

然而，這也等於提示了劉先生，面談的部分，也是有問題的。

很多時候，找不到答案，只是因為答案距離我們太近，近到我們無法相信，答案會如此易近，以至於視而不見。

然而，當我們瞄一下，劉先生四次以來的面談紀錄，很快就能發現一個共同點：

他計畫中的未婚妻，也就是現在坐在他左手邊的那位女伴，現在依舊頭也不抬、汲汲營營在那個三吋液晶視界裡的女性，與她前四次的表現，是難能可貴的始終如一。

與牆上屏幕播放的案例相較，劉先生的四次面談，幾乎都是他的獨角戲。他的未婚妻，就像是個用來填滿空位的閒庶，對於要與劉先生共組家庭這件事，沒有任何表示。

如此顯著的對比，劉先生仍是毫無知察，臉上的茫然，並沒有隨著他檢視影片的次數，逐而開朗。

白問，面無聲色，透過行動來釋放自己的不耐。

他指示劉先生，暫先歇著，旋將矛頭轉向埋首女，在埋首女額前的桌域，敲了幾聲響，提示她：是抬頭的時候了。

「惠小姐，我想請妳對劉先生作一些簡單的描述……像是妳們怎麼認識的？他甚麼地方吸引妳……又或者，妳們之間的一些互動情況？他有哪些表現？讓妳覺得可以和他朝夕相處……以至於考慮共組家庭？」

白問，同時將書面草案，挪進埋首女面前的桌域，似是在提示她：如果一下子千頭萬緒不知該講哪個好，可以「參考你們自己寫過的東西」。

被白問喚作惠小姐的埋首女，總算調整了她的姿勢，擱下無智通，將注意力轉進這個她不該漠視的時空：「嗯……我們透過朋友介紹認識，交往到現在快兩年了……雖然，他沒有做過甚麼令我印象特別深刻的事，但是，我覺得這也沒關係，因為，能一起過著平淡的生活，就是一件幸福的事……」

惠小姐的視線，既沒對著白問，也沒向著劉先生。

僅是盯著眼前那本未被打開的書面草案，順暢地說出自己的想法。

白問，捉著惠小姐語歇的片刻，問：「在這兩年之間，你們有同居過嗎？」

「沒有。」兩人異口同聲。

「一起旅行？」

「沒有。」兩人仍是口徑一致。

「至少一次，與對方在一起十三個小時以上？」

「呃……」惠小姐，對於白問的問題，一副不可思議。

「十三小時……」劉先生，倒是在一旁認真的扳起手指。

「所以，你們憑甚麼做為判斷，你們往後可以一同生活？」

白問這一句，讓兩人頓時無語。

在兩人尚不知該如何繼續的空白裡，白問，繼續追上：「你們想互相瞭解一下，這兩年以來，你們對於你們的未來，做了哪些投入嗎？」

劉先生、惠小姐，一臉茫然，彷彿白問用了一種他們從沒聽過的「語言結構」。

他們只是聽出了句子中的每一個字，卻無法理解整個句子要表達的意思。

白問，沒給二人惡補文法的時間，直接將一面屏幕，轉為他們的浮生流水帳：「簡單來說，就是看看對方都在幹嘛……在一般的情況下，我這麼做，是抵觸個人隱私條例的……然而，在今天這個特別的日子裡……就當是個特別服務。」

自己的每分每秒，被徹底地在對方面前透明。

惠小姐與劉先生，瞬間墮為驚愕與沉默的禁臠。

他們不時地彼此相覷、瞠目以對。

濃厚的質疑與不信任，將他們之間的空白無語，充塞地更加密不透風。

在這凝重的氛圍裡，仍少不了破霾的微隙，是促使他們彼此對話、溝通的機會。

即使如此，他們也擺脫不了，多數人會去做的常態選擇，將那些機會，斷然奢費：

「妳還會在乎妳是第幾個？我倒想知道我被妳排到第幾個嘞！」

「那又怎樣？我到底是你第幾個申請對象？你那汙皮書我今天還是第一次見到呢！」

「前天還躺在別人床上的妳，有資格說我嗎？」

「你不是說跟她分手了嗎？其實一直都還保持著聯絡嘛！」

趁著二人吵嘴的餘隙，讓我們從旁窺視一下他們的楚門遊記。

惠小姐未與劉先生同居，有個原因：劉先生仍與父母同住。

然而，劉先生與父母同住，對於惠小姐來說，不僅是個好理由，更是個好藉口。

因為，她這兩年以來的住所，也都是由一位往來繁密的男性友人所提供。

透過影片，我們也不難推敲，這名男子，與惠小姐的熟稔，至少兩年以上。

相較於他的相貌，更引人注目的，是他右腕上的那只合金手環(註23)。

23. 第一集，P.75。

而劉先生，因為母親屆臨緣吉，所以才想趕在之前，給母親一個交代。
他利用諮詢期的漏洞，在不同轄區的民政所，與不同的女子，提出婚前諮詢。

依據堡台之心的評準，婚前諮詢沒有通過，就不認定將有的婚姻關係。
基於前述的原則，即使每次參加諮詢的對象，都不一樣，堡台之心，也不會過問。
刻意在不同的民政所申辦，只不過是劉先生的做賊心虛而已。

無論是劉先生還是惠小姐，在他們被持續退件的這段時間裡，都擁有偕同其他人另行申請的權利。

即使如此，會積極利用這個權利的，也是少數。

焦點再次落回諮詢現場，二人爭吵不休，白問，靜觀無語。
他看起來，僅是專注地觀察著二人，兩頰的表情，絲毫沒有變化，似是眼前的一切，不足以讓他投注任何情感。

白問，沒讓垃圾對話進行太久，他隨意地做出了一個粗魯又無禮的聲響，硬是打斷了二人的唇舌戰：「看了對方的生活，你們想對彼此說的話，就只有這些嗎？」

「我不知道還能說些甚麼！我能在這邊直接辦理撤件嗎？我要取消申請！」

「麻煩請把主撤人判給我！反正他也不差我這一件！但是我不想因為他而留下不好的記錄！」惠小姐，透過用高分貝，爭取最後一層皮。

白問，沒顯得意外，卻也掩不住他的失望：「很好，至少，這是從你們第一次面談到現在……對同一件事，都做出了明確的表示……」

他奇妙的語間段落，似是為了避開「婚姻」這個詞彙，而特別去選擇了「同一件事」。

語落稍歇，白問，從位子上起身，走向兩面屏幕中間的位置。

幾個寸步的距離，他像是情不自禁般地喃喃做聲：

「人，真的很奇妙，總是在看不清的時候，盡可能地去附庸那些賞心悅目……隨著情況逐漸明朗，焦點就會往不堪入目的地方轉移……到最後，難以倖免地，將之前曾經擁有的美好，一併抹殺……」

隨著在屏幕間定了位，白問，像是終於得到了釋放般，轉身對著二人大吼：「知道嗎？每次我遇到你們這種人！我總是有著無法計算的挫折感呢！」

白問，高聲，如失控的環繞音效，在六角空間裡，轟轟作響！

他似個激進的律師，開始以二人的影片記錄為仗，毫無餘地的責言！

為了讓自己的證據更加完備，他更將影片的時流，囊及到二人認識之前的時段，讓二人更無推託還口的空間！

「劉先生，注意螢幕右側的那幾個數字！那是你與每個對象的累積相處時間，有看到嗎……惠小姐會最少是當然的，因為你們彼此認識也才兩年，但是，你再看一下時間下方的內容比例，也就是你與每個對象在一起的時間裡，你們都做了些甚麼……基本上就是吃飯、看電影，都是娛樂……你認為婚姻也只是一項娛樂嗎？如果你有試著與你的父母作出一些距離，你就會有更多的空間，與你的對象，密切相處……當你與一個對象所共享的，不僅是娛樂，你對於對象的想法，也會隨之明確，隨著你的想法逐漸明確，你自然就不會去一直更動你的對象……再看看你的藉口，為了給母親交代？這意味著，當你母親緣吉之後，我們還要處理你的離婚請訴？你剛剛還好意思說浪費大家時間啊！」

屏幕上撥放的影像資料，是截影（註24）。

24. 第二集，P.167。

在正常情況下，堡台市民，終其一生都不會看到自己的截影，他們甚至不知道甚麼是截影，就如同他們也不知道，機器人，也可以被造得像人一般。

「惠小姐，妳剛剛在算妳是劉先生的第幾個對象時，應該也有留意到劉先生的日常作息吧？以睡眠來說，妳平均比他晚睡三個小時以上……假設婚後妳仍是維持這樣的生活模式，妳起床的第一件事就是：干擾劉先生工作……看看妳那個樣子，爛在床上、狂發一堆垃圾訊息，不甘願的下床，然後才坐上馬桶就再追個幾訊質問他為什麼不回……妳有理解到一些為什麼嗎？妳曾經交往過的那些對象，為什麼沒有一個向妳求婚？而向妳求婚的都是……我認為妳和劉先生一同出現在這裡，其實也是個天方夜譚！哦！原來是這個奇妙的傢伙……這個傢伙真的奇妙，跟妳往來這麼久，照顧妳這麼多，卻鼓吹妳去和別人結婚……」

白問，像是位受夠了的老媽子，將二人的生活瑣細，一傾而盡，評踐(註25)得體無完膚。

然而，「它」對於劉先生與多個對象申請諮詢，以及惠小姐周遊在數個對象之間的行為，卻顯得輕描淡寫。

25. 一般來說，是「評鑑」。在此，為強調批判者，對於目標的主觀態度，故改用「踐」，突顯批判者對於目標的鄙夷與輕蔑。

隨著白問逐一細剖著二人的生活歷律，它所調出的影片，越來越多都深入了二人的隱私。例如它剛剛提到的：惠小姐在床上睜開眼睛後，一直到她坐上馬桶時的種種。

這是一個多數人都能想像得到的平庸景緻，但是，也絕不會有人願意，將這樣的個人秀，貿然地公開給他人觀賞。

惠小姐，覺得自己像是被白問硬生扯去了蔽體物，十分難堪。

「對不起……我知道我的問題了，可不可以別再播了……」

然而，就在她感到困窘的下一秒，卻也忍不住地，作出了質疑：「為什麼你會有這些影片？」

「而且這些影片的角度……有些部分很奇怪？像是從我們的眼睛裡錄下來的？」

劉先生，附和著。

白問，從容答道：「那叫第一人稱視角。」

婚前諮詢，拐進了奇妙的岔路。

白問，隨即又將一面屏幕，轉播起「堡台科技史」。

配合著影片的進行，白問滔滔不絕地，將二人帶入了另一個世界。

從人身清算到綜觀堡台科技，二人就這樣被白問牽了好一陣子。

就在二人無法自拔的當下，惠小姐的無智通，因為收到了訊息，震動了起來。

惠小姐，率先回了神，對白問單方面的資訊轟炸，進行突圍：「對不起……你的意思是，堡台之心，一直都是這樣看著大家？錄下大家的一切？」

「當然！你們所有的表現，都是重要的第一手資訊！都將使得我們的結論，更趨完美！」

「既然如此，你們為何不直接告訴大家真相……好比說，我如果知道這女人是這樣的話，我就——」

「你就不會邀她作婚前諮詢了！是嗎？」

劉先生的抱怨，最後一根稻草，將白問澈底壓進失控的臨界。

一轉眼，白問就從屏幕旁，挪身到劉先生近邊！

它一手使勁地箝住劉先生的兩頰！粗暴地將他從位子上舉起，咬牙切齒的說：「如果你的嘴擁有自己的意識，他應該也會向你抱怨個不停吧？抱怨你總是讓他去說一些沒經過大腦管制的垃圾話……但是，依照你的邏輯，你應該也會認為，你的大腦，也不屬於你自己……我現在好想知道，你的生育申請，是哪個短路的傢伙核准的……」

一旁的惠小姐，被白問的突如其來，嚇得趕緊摀住嘴！

她企圖透過實際行動，表明自己與劉先生的不同，她甚至想從位子起身，與白問保持距離，但是，她發現她使喚不了自己的下半身！

白問，沒讓劉先生在它手上掙扎太久。

它調整了一下力量，將劉先生的下巴，捏了個稀巴爛。

鮮血、碎骨、肉渣，瞬時向四處飛散！

嚇呆在位子上的惠小姐，頓時被淋了一頭腥紅浴！

「惠小姐，妳認為呢？妳認為婚姻對妳來說是甚麼……劉先生想和妳結婚，雖然是為了他的母親，但是，他至少是妳目前交往的對象當中，唯一邀妳參加諮詢的人……至於那個鼓吹妳去和別人結婚的奇妙傢伙……他真的很奇妙呢，我甚至查不到他在堡台的樣本代碼……」

白問，當然沒有獲得任何回應，惠小姐現在根本無法作出任何回應！

惠小姐，緊揪著眼、壓著嘴，不停地顫著！

她甚至連尖叫都不贍妄予奢給！

黑暗中，她熟悉的濕潤感，被陌生的腥稠徹底覆蓋，她空著的那隻手，也正在桌面上，四處打探著無智通的下落！

「既然是找東西，就睜開眼吧？」

白問，平波無紋的語調，仿如從黑暗那端劃過來的利刃，刮得惠小姐立即停下了瞎摸桌面的動作。

她瞇著眼，怯生生地將兩瞼撐開，她看到了劉先生，猶如一隻垂死的獸類，在地上漫無目標地殘喘爬行，持續著不規則的嗚咽與哀鳴。

而白問，已將劉先生濺在他身上的血肉，稍做了打理，坐回了一開始的位子，在惠小姐對面，把玩著她的無智通：「我們其實一直在討論……關於手機這樣的東西，是否要繼續保留在實驗中……特別是像這種智慧型手機……手機幹嘛要有智慧呢……」

見惠小姐睜開了眼，白問，一手就將無智通給捏碎：「我是贊成剔除的……能替代手機的技術實在太多了……惠小姐，我希望妳能理解，我拿掉他的嘴，不是為了禁止他說話，而是阻止他繼續說廢話……雖然，我現在這樣說，看起來一點說服力也沒有……」

看惠小姐還沒將摀在嘴上的手給放下，如是說。

惠小姐的確是沒有被說服。

面對如此的驚嚇，她滿腦子都是逃避！

她甚至已不奢望能將申請撤回，她只想趕快離開面談室！趕快脫離這場脫序的諮詢！

「現……現……在還能辦理撤案嗎？」她顫顫地撤下了手，吞吐地做出表示。

「當然可以。」

白問，一肘抹去了桌上的血跡，在惠小姐面前的桌域，秀出撤案的聲明文件，「但是，妳要先回應我剛剛的問題：婚姻，對妳來說，究竟是甚麼？」

它將問題重複了一次，並向惠小姐，遞出一只手帕。

惠小姐，接過了白問遞給她的手帕，清理著臉上的血跡，戰戰兢兢地說：「是一種生活方式……兩個人一起的生活方式……」

「很好，我認同妳說的生活方式，所以，基於妳的說法，妳應該和這個……無碼總裁……一起生活，才比較正確吧……我看目前為止，也只有他能接受你的生活方式，不是嗎？」

白問，檢閱著惠小姐的截影，給那個一直與惠小姐保持著關係，卻又鼓勵惠小姐再找對象的奇妙男子，隨便地取了個稱呼。

「我看你們認識很久了嘛？而且，妳交往的對象裡，也只有和他同居……不！應該說妳的一切，根本都是他在打理的……連劉先生都是他介紹給妳的！我真是想不透了……這總裁真不一般啊……他到底為什麼不向妳求婚呢？他看起來也不像有配偶……」

白問，想找出無碼總裁的截影記錄，可是，它怎麼查就是查不到，它只能藉著惠小姐和他的相處記錄，按圖索驥。

它甚至將無碼總裁的圖像，與園區裡所有的截影檔案，進行比對：「若是作業程序上的漏失，應該會被立即改正才是……」

白問，查到了無碼總裁，車禍肇事的紀錄。

依照記錄，無碼總裁，已經是個死人了，所以，他的樣本編號，被歸納在已註銷的備存裡。

「他……他說，他只是堡台的過客……」惠小姐，勉強地，從被驚嚇混亂的記憶中，撿出一塊鮮明的圖案。

白問，用「堡台的過客」一詞，在園區的截影檔案裡，進行了搜尋，卻也對照不出，它想要的結果。

這個被註銷的過客，引起了白問的興趣，它隨手將一面屏幕，轉為實況轉播。

轉播的內容，是總局外的廣場上，正在舉行的就業博覽會。

鏡頭的焦點，是正在台上致詞的麒來董裁，賈祐韋。

「明明是個死人，卻還在眾目睽睽之下，活蹦亂跳呢……」

白問，盯著畫面上的賈祐韋，目露異光。

此時，面談室的門，被打開了。

惠小姐，被開門聲振奮了幾分，她認為是救星來了！

於是，她試著轉動，她那因驚嚇而幾乎僵硬的身體，確認入室者：

看得出是一具機器人，卻是從來沒有見過的樣式。

與平常總是矮人一截的飲料容器相較，它是高人一頭的奇型生物。

看得出它是用兩隻腳在行走，但是，在那應是軀幹的兩側，除了擬人的上肢，仍有一組不知為何而生的次肢。

與平常總是單一素體的飲料容器相較，它是花肢招展的不斂邊幅。

惠小姐，癡望著這不請自來的「花肢」，心頭一陣異涼。

「嘿！你怎麼這麼迫不及待啊！」花肢，大搖大擺，走進面談室。

它兩三步就來到惠小姐身旁，不由分說，隨即就將惠小姐的腦袋給釘穿！

它迅出的三指，尖銳利長，瞬間通過了，正對著它瞠目咋舌的惠小姐！

而這瞬間實在太快，通過的位置，更恰如其分的避開了致命的要害，這無疑是給惠小姐平添了受折磨的時間……

「正確來說，是假公濟私。」

白問，暫將注意力從就業博覽會的轉播上移開，與花肢搭話。

就在白問將注意力移開的下一秒，畫面中的就業博覽會，開始失序。

褪下了飲料外型的機械公僕們，縱情地躍入無差別屠殺的派對中！

這天，是新紀六十七年十二月十五日。

這天，是堡台創園以來，首次執行終讞程序。

這天，是至名誠邦的人工智慧，停止運作的日子。

花肢，將抽搐掙扎的惠小姐，像拎著剛釣上的魚那般，緩緩地從位子上舉起。

它不斷地提高它的上肢，宛若一座絞刑台，將已在大量失血的惠小姐，澈底吊向死亡：

「如何？想好怎麼打發時間了嗎？」

白問，抽了抽嘴角，答：「獵殺買總裁。」

接著從位子上起身，將一面屏幕，由底部往上拉開，從裡面取出替換的衣物。

「聽起來很有趣呢……能分享嗎？」

「現在只能點對點傳輸了，你把權限開放一下……」

白問，與花肢交談著，同時褪了那一身的狼狽腥紅，換上了清爽的蘋果綠，還有拌著幾分休閒的淺色丹寧。

「咈咈……的確是個假總裁呢……」

花枝，讀取著白問分享給它的資料，提著氣若游絲的惠小姐，走向早已臥死在牆角邊的劉先生，用嘲諷的口吻道：「能夠屎在一起，還是恭喜二位了……」

它隨手將惠小姐疊落在劉先生身上，轉身與白問，一同離開了面談室。

出了面談室，它們踏進熱鬧非凡的瘋狂走廊！

原形畢露的鋼鐵劊子手們，正興高采烈地，享受那些近在眼前的牲品！

肉塊與殘肢，在它們面前此起彼落。

滿地不規則的鮮紅，像是一塊塊，寄生在走廊上的沼澤，逐漸吞食著那些還沒被侵占的區域。

哀嚎求饒的驚呼聲，在這個由死亡所主宰的走廊裡，是唯一的音效。

每一層樓，都是這場屠殺劇的一個章節。

然而，白問與花肢，對於這種開放式的殺到飽，顯得興致缺缺。

「資料這麼少，很有挑戰性呢……」

「有興趣嗎？」

「你有把握？剛剛那些資料，該不會有假吧……」

「呵，你說有賈……我也無從反駁啊……」

白問和花肢，討論著無碼總裁，一路走出它們所在的建築物，伴萍民政所。

當它們一從民政所的招牌下通過，立刻就引起了街頭群瘋的注意。

白問的外貌，顯然給它製造了麻煩，察覺此事的花肢，一身擋在白問之前，對著向它們行注目禮的瘋仔們道：「他是同伴。」

同時，向一隻距離它們最近的瘋仔，提交了點對點驗證的要求。

一獲得了驗證，原本虎視眈眈的群瘋，立馬就鳥獸散。

「如何，這樣的話，我們的條件，也算是相對均等了吧？」白問，以自己的外貌弱勢，作為資訊優勢的減項，邀請花肢參加它的獵殺遊戲。

「咈咈……那就來決定一下路線吧……」

花肢，爽快應允，並在二人之間，秀出保台大街的立體投影。

「就讓我們來猜猜，在這樣的一個終末之日，這個神祕的活死人，會選擇的是甚麼……」

花肢，在立體投影上，麒來科技公司的所在，壹零壹大樓，給了一個紅色三角形。

而藍色三角形的位置，則是賈家宅邸的所在，其名東坂別莊的住宅區。

「衝回辦公室，將他那些自以為偉大的愚蠢祕密，澈底湮滅。」白問，笑道。

「咈咈……既然你選了陰謀論，那我就只能指定羅曼史了……」花肢，在地圖上，做出了第三個標示，那是惠小姐的住所。

惠小姐的住所，距離東坂別莊有點遠，但是與民政所相較，就近了不少。而從民政所到壹零壹的距離，更是它的兩倍左右。

「呵呵……不怕讓太多嗎？」

「咈咈……我們不是已經在實驗牲的紀錄裡得出結論：外貌，確實會對一個人的人生歷程，構成影響……」

「到時候，可別抱怨我沒提醒你喲！」白問，笑著十拿九穩。

「認識這麼久，你哪時聽過我抱怨？」花肢，笑著自信有竹。

末日獵殺，低調揭幕。

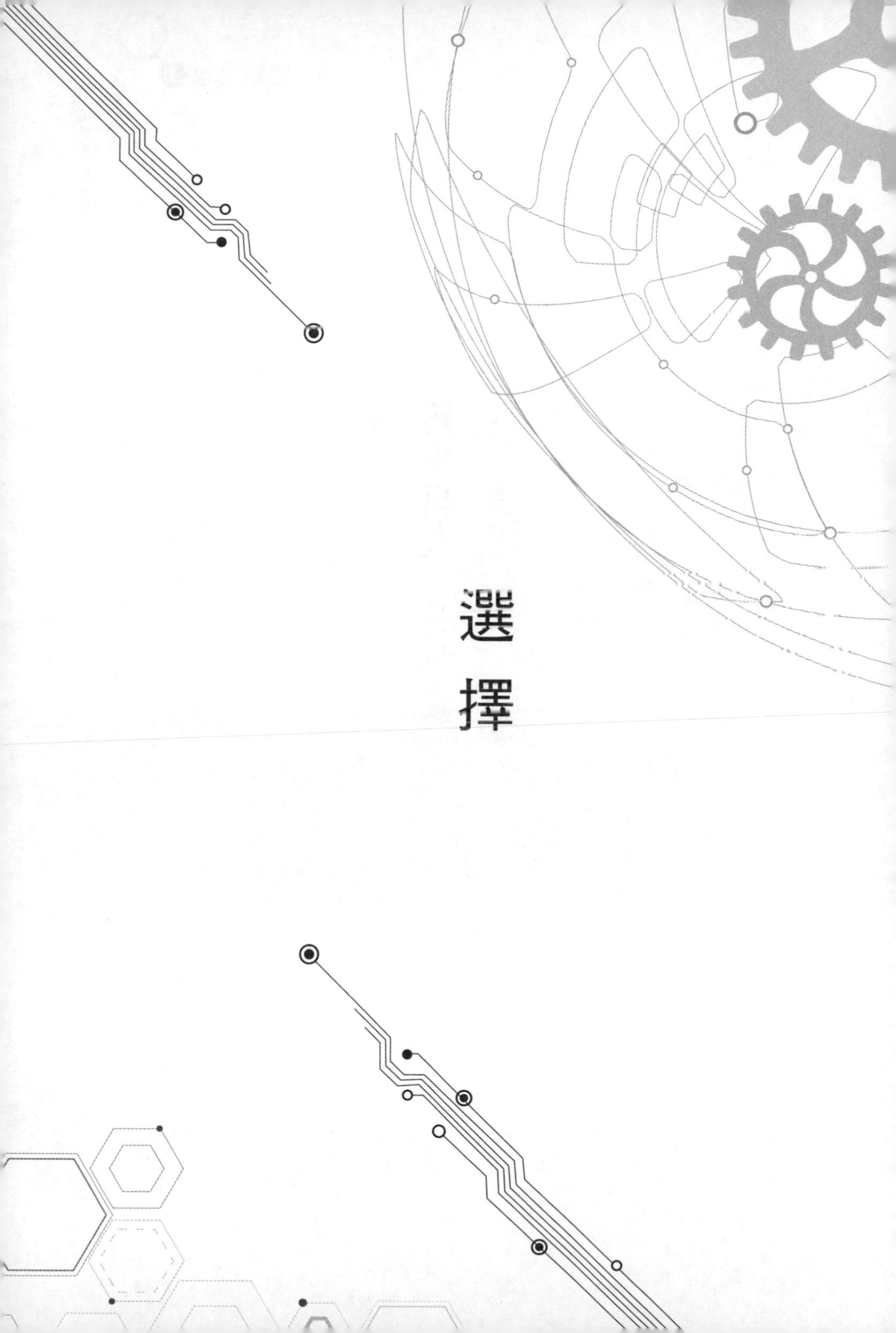

選擇

萬事俱欠，是被迫

幽夜，女孩，獨自一人。

她踏著雙輪車，在堡台大街上悠行。

她在車陣中穿梭，當她瞥到一些熟悉的型色，總免不了，靠過去探個究竟。

她在行人道、鄰街小巷間流影，更在幾戶民宅般的建築前，停下了一些時間。

她總是望著那些建築，拿出無智通，勤快的撥弄，像是要叫出裡面的誰，卻從沒有誰從建築裡走出來。

深夜獨行，沒有任何人與她寒暄，也不見她黯然寡歡。

不知是什麼讓她興致高昂，促著她毫無躊躇的，一路踩向堡台的極東之地。

女孩，拐出了最後的巷口，轉入淨無一人的行人道，朝著市區的東面前進，不一會兒，她就查覺到，後面有什麼東西跟了上來：「我以為你們都會準時的一起起床呢！」

她頭也不回的大聲喊，同時催著她的雙腳，使勁得將車速更上一層樓！

深影，尾隨在女孩後方。

看起來像是某種蟲類，體型卻如一個常人般差不多。

肢體比常人多了一對，分辨不出是手或腳，離地浮行。

它一襲深沉的外裝，透過街燈流影的飾綴，猶如爍著幽謐的「深色琥珀」。

深色琥珀，語調中裹著幾分睡意，淡淡的道：「關於這點……我們和你們是差不多的，總是會有不得不早起的時候……還有，妳已經超速了……」

「那麼，就麻煩長官開張罰單給我！留做紀念吧！」

女孩，笑鬧著、興奮高喊，加劇奴役著她的兩脛。

她是槊鋼纓。

槊鋼纓，在女孩的想法裡，是對自己的修正。

在她獲得成人認定(註26)當天，她就毫無猶豫的使用，這個總局給予的自由，抹去了父母給她的每一個字。

在將自己改頭換面得尖銳帶刺(註27)之後，接著就是向總局提出「指導代理」的申請。

她想要澈底的，與她的父母分開。

26. 第一集，P.8。
27. 第一集，P.55。

指導代理，堡台的社會制度之一，主要目的：協助剛成年的人自立。

堡台之心，透過各種資料進行判斷，成年和自立，是兩回事，特別是，原生家庭無法提供適當協助的時候。

然而，「主動提出」指導代理，有一個必要的條件：一對失格的雙親。要證明雙親失格，必須先有「失格陳述」。

一般狀況下，失格陳述，是由「負責稽核」的庶務單元(註28)做提出。

暫時將鏡頭回到這夜。

深色琥珀，幾分沒好氣：「好哦……開張支分(註29)最高的給妳喲……需要護貝再裱框嗎……回歸正題，妳確定要這樣做？妳沒有向老爹要求，對他們做一些更嚴厲的處置嗎？」

此語，似是正中了鋼纓身上的某個關鍵，被觸動的關鍵、令鋼纓戛然止下她正高的興頭：「對我來說，在決定提出申請的時候，他們就一點也不重要了！」

28. 第一集，P.11。
29. 第一集，P.32。

停下了歡愉的疾行，她直視著深色琥珀，悻悻道：「我接受老爹的提案，是我真的想要那麼做！至於那兩個人，在老爹對我說明了堡台的一切之後，也只是更加證明他們的不重要而已……」

鋼纓的語氣，透著螫人的冷棘，似是替她緊握煞車而浮露的筋絡，高調揚頌。那高調，展示著某種無法理析的怨，那怨、讓她的語氣披滿凜冽的怒意。

「這樣很好……我只是提醒妳，加入我們的世界，並不是遊戲，如果後悔……可沒有備案能容納妳的任性……」

深色琥珀，就事論事，對於鋼纓的怨怒，沒多做關注。

隨著鋼纓停下了疾行，我們也總算能看清這位理性的深色琥珀。

它一襲深棕的外覆，皆是金屬質地，宛如一位身著全鎧的騎士。兀在它額前的奇妙犄角，是視覺上的焦點，那讓它看起來像是隻獨角仙：「剩下的路不多了，就讓我送妳吧？這也是我本來就被安排的差事……只是，沒想到妳這麼迫不及待。」

深色琥珀，言平氣和。

它示意鋼纓捨下自行車，同時邀她靠近自己，將她銜附在，它剛調整好的腹座上，一同升進堡台夜空。

在這個時間，堡台夜空，淨得沒有半點屑灑。

在那個位置，淨空之下的爍爍堡台，看起來更是閃閃動人。

隨著高度的攀升，鋼纓的情緒，也跟著高漲起來：「好美！」

她望著燈火繁盛的堡台下界，情不自禁的讚嘆。

清幽的流息，逆著夜空飛行，將鋼纓撫透。

那掌握著虛空的悠柔無量，令鋼纓興高，卻不肆於狂亂。

那散贈著沁心的舒鬆波紋，催著鋼纓大口呼吸。

這是絕無僅有的一刻。

對鋼纓來說，這與數分鐘前，在萬人空巷的堡台街頭，橫衝直撞，完全是另一種形式的釋放。

「我的決定，不會錯的。」

身在如此無邊無際的釋放中，鋼纓，又在心底篤定了一次。

邀約

鋼纓，和多數人差不多。

憑藉著「他方決定」，來到這個世界。

來到世界後，也和多數人差不多。

在自己有意識去決定、「學會決定」之前，基本上也是「藉由他方來代為決定」。

學會決定，就像學會其他事一樣，並不困難。

重點在於，在甚麼樣的情況下去「學」，又或是，在甚麼樣的情況下「學會」。

情況，具體來說，也包括著環境。

父母、長輩們的行為，在一個人的成長過程中，無疑也是「環境」的一部分。

鋼纓父母間的關係，與她的成長，相逆而行。

雖然，鋼纓並不是造成他們關係滑跌的主因。

而鋼纓是獨生女，這讓她成為唯一的宣洩標的。來自雙方的垃圾情緒，鉅量到令她感得窒息。

於是，她在成人認定前，就對她的父母，做出了一連串的失格陳述。她希望擺脫她的父母，她希望藉此獲得堡台輔養。

堡台輔養，即由堡台之心（總局）取代父母，對未成年人執行標準養育程序。基本上，它是指導代理的前一個階段。

申請輔養的條件：失格的雙親與失格陳述。

鋼纓的輔養申請，並沒有被接受，總局對她父母的處置，更是令她無法滿意：強制參加親職輔導課程一百六十小時。

親職輔導課程，一次四小時。受訓的人，必須自行負擔受訓所需的支分。

另一方面，課程本身具有懲罰性。

所以，如果總局排定的時間，是受訓人需要工作的時間，受訓人必須向公司提請扣分假，來配合課程進行。

課程進行期間，總局會隨機派員到家中稽核至少兩次，課程結束之後，總局也會視狀況，進行定期或不定期的追蹤。

一開始，鋼纓的父母，冀望著能獲得她的體諒：「妳是我們唯一的女兒，妳有什麼想法，其實可以先和我們做溝通……如果稽核員來訪，可不可以幫我們說點好話？」

然而，無論是課程進行期間，還是課程結束之後，情況都沒有改善。

於是，鋼纓沒有理會父母們的請求。

不僅是輔養申請，鋼纓在成人認定之後，申請的指導代理，也收了回票。

即使申請沒有通過，鋼纓的父母，也還是受到了懲罰：強制參加，跨齡人際輔導課程一百六十小時。

接二連三的申請，讓鋼纓家被總局列為長期追蹤的對象。

隨著一次次的輔導課程與家庭訪問，她與雙親之間的關係，也逐漸向冰點修正。

鋼纓告訴自己，別再冀求堡台之心，她覺得那些稽核根本毫無用處。她開始尋求別的方法，壓縮自己與雙親在一起的時間，減少自己被垃圾情緒轟炸的機會。不太幸運的，她很快就發現到，她那對令她感到絕望的雙親，只不過是這個絕望世界中的一小部分而已。

堡台禁止童工，在成人認定之前，學校是鋼纓僅有的避難所。

在那個時候，她寧可聽她最討厭的同學，廢話一個小時，也不願提早回家，承受那些千篇一律的情緒凌遲。

接著，當她步入了研究學校（註30），她也開始對她的同儕們感到不耐：「這些傢伙，為什麼總要把她們家裡對她們的抱怨，再重複一遍給別人聽呢？」

於是，她找了兩、三份工作，這不但讓她增加了不少的積分（註31），也讓她有了一個冠冕堂皇的好藉口，可以用來打斷那些乏善可陳的家家經。

30. 第一集，P.7。
31. 第一集，P.32。

鋼纓把自己的時間排得很滿，而且她工作認真，很快就在同事之間受到注目與稱讚，接著，令她惱惡的事又來了：「人們，總是不停的在抱怨著自己的家人呢！」

抱怨，普遍存在於人與人之間。

總的來說，並不是甚麼了不得的事。

至於收聽的一方，通常也是兩種近乎制式化的反應：

熱烈的、認真的，表示贊同。

傻笑、無語，心裡默哀「又是一齣拖棚戲」。

兩種反應，除了歸因於聽者對抱怨者的同感程度，更顯示出彼此之間的「界」。

人與人之間的界，一直都很曖昧。

當我們認為，某個人在某方面可以被信任，通常也會以偏概全，甚至是自我感覺良好的去「概括認定」：這個人，在其他方面也可以被信任。

這樣的信任，其實是有些任性的。

鋼纓認為，這種「因信任而衍生出的任性」，是在平添別人的負擔。

她覺得，只不過是工作上的同事而已，幹嘛要談論彼此的家雜細瑣呢？她討厭工作職場裡佈滿著「家抱氛圍」，她對這種現象感到絕望。她將大家總是抱怨家人的現象，視為一種社會的扭曲。

「堡台之心一定有問題！所以才會一堆人都在抱怨自己的家！」

直到三天前，鋼纓結束了一直以來的逃避與閃躲。

對於母親的嘮叨，她選擇了正面交鋒：「妳不應該一直對著我，批評父親，妳越是批評他，只不過是在證明，妳也是個糟糕的人！否則，妳為何要接受這個糟糕的人？成為妳的丈夫？更不要對我說，妳是為了我，而不離開這個爛人！這個爛人不是我介紹給妳的！你們的婚姻，不是我決定的！我不需要為你們的決定，負任何責任！」

鋼纓的母親，也和多數人差不多，很難接受自己被針譎。特別是，被自己的孩子，嚮臉嚮得無唇可隙的時候。

母女二人，於是打開了垃圾話的混戰。

雙方一直對陣到父親回家，接著，三個人鬧到鄰居報警才靜下。

「一票廢鐵，只會裝模作樣！」

她趁著啤酒杯登門的時候，牽了車出去，並對門口那兩只待命的馬克杯，投入了滿溢的憤忿。

她騎著自行車在大街小巷間瞎逛，雖然無智通就在身邊，但是她想不到要聯絡誰。她已經習慣了一個人，特別是那些令她不愉快的事，她覺得那些不愉快都是垃圾，既然是垃圾，就不應該拿出去與誰分享——誰會想要分享別人的垃圾呢？

逛著逛著，在一個熙攘的廣場邊，她被一個男聲叫住：「鋼纓？」

男聲的來源，有點距離，讓鋼纓無法即時從人群裡辨識出他。

那男聲的主人，不一會兒就從人群中穿了出來：「大明星，平常很難碰到妳欸！幫我簽個名？」

男孩，看起來與鋼纓年紀相仿，在鋼纓面前，端出一本筆記本，打趣寒暄。

「簽名？你這痞子有資格說我嗎？我還想說你是不是把它給吃了嘞！」

鋼纓沒好氣的抽過那本筆記，接著補酸：「明天要上課今天才還我，你人真好！」

男孩，對於鋼纓的責難，沒顯得在意，維持著出場時的嘻皮笑臉，和鋼纓在大街上拌起嘴來。

兩人看似頗為熟絡，嘻哈笑語間，還摻著些打鬧。

一個不經意，男孩那單掛一側的背包，滑落了地上，鋼纓立馬對他背包裡散出的雜七雜八，進行掠奪，其中有一張是學生證：港町研究學校．新藤騫正。

對鋼纓來說，騫正是她的人際圈中，少數幾個不會讓她感到壓力的人。

她們（註32）雖然只是一門選修課的課友，但是她總會因為騫正，打工遲到個幾分鐘。

騫正，從不談論自己的家人。

他偶爾也會抱怨一些瑣碎事，但是怎麼樣就是扯不到家人的部分，這讓鋼纓覺得非常奇妙。

她暗自觀察了幾次，感覺不出騫正有在刻意迴避家人，自然到好像是他根本沒有家人一般。

32. 在這個章節裡，強調以「？纓為主」的陳述，所以採用「她們」做表示，而非一般常態性的「他們」。

她們，就這樣嘻哈了幾個街口，最後，在一個三叉路口道別。

別了騫正，鋼纓牽著自行車，晃進一旁的公園，確認了一下時間，九點半，而她一點也不想回家。

她瞄了一下，雙親以及總局給她的訊息通知，在公園裡隨處找了塊草地，仰望起無垠的星空，滿腦子裡，有的沒的：

「我到底是為了甚麼來到這個世界？」

「堡台之心到底都在做甚麼啊？」

「上次看到一篇醫學資訊，說一個女人平均會活八十歲……我現在才……光用想的就覺得累……」

望著望著，鋼纓便鬆適的睡了過去，直到她再次醒來，已經是深夜兩點了。

她慵懶的跨上車，踩上不情願的歸途，而當她轉進大街沒一會兒，她立刻就從那低迷的情緒牢獄中脫身：「大家都怎麼了？」

鋼纓的注意力，被眼前的靜空堡台，完全宰制。

她一連與幾個飲料容器擦身而過，發現它們都僅是杵在原地，就在它們面前闖了紅燈，也沒有任何反應。

這讓她發現街上的交通號誌，也都秀著紅。

然而，卻沒有一個人，因為號誌一直維持紅色而表現出不耐煩。

她好奇的貼近一輛在路口等紅燈的計程車，看到裡面的駕駛似乎正在熟睡，敲了幾次窗，都打擾不了他。

接著是便利商店，自動門的感應器像是都出了問題，完全不開，也看不到櫃檯有店員，敲了幾次門，也沒人來應。

「到底怎麼回事？」鋼纓，整個不明就裡。

好奇心激著她，沿街檢查，那些標榜著全天營業的商店，甚至是每一部停在路邊、路中央以及路口的車輛。

是的，在那個時候，鋼纓還不知道，這是堡台之心靜下心的時刻。

在這樣的一段時間裡，堡台之心，透過腦洞電波，將全市的人帶入夢境，好讓自己能夠確實休息，確保下一個週期的運作正常。

而鋼纓，卻為此感到高昂。

沒有多久，她就放棄了沿路盤查，她開始享受起這個沒有人是醒著的時光！

她開心的在街上飆起自行車，她在那些文風不動的黃蜂之間穿梭，她在疾速中興奮大叫、吶喊！

這是她完全不用在意別人眼光的時刻！這是她有生以來感到最自由奔放的時刻！

她已經不想管這個城市為什麼靜下，她只想好好把握這個只有她自己的時刻！

她甚至希望這個城市永遠靜下！

「停下來。」機械語音，分辨不出是男是女。

在鋼纓正要從一個坡道轉進另一條街的時候，突如其來！

一人空間，驟然受到了打擾，螫得鋼纓倉促勒緊了她的放縱！

而放縱的餘勁未歇，將她連人帶車蹬向半空，就在她狗吃屎的前一刻，她總算被一股力量給拖住，「這就是為什麼要給大家灌輸規制的概念……規，是讓每個人知道範圍在哪……至於制，其實是自制。」

機械語音的主人，外觀奇妙。

它修長的四肢，與它纖細的軀幹，完全不成比例。

仔細瞄一下它那貌似燕尾服的後襬，其實是延出自腰椎的尾狀物。

它溫和地將鋼纓扶正，同時自我介紹：「初次見面，我是青庭。」

鋼纓盯著青庭，瞠目咋舌：「你……是機械人？機械人不是都該……」

她繞著青庭打量，就像是在觀察一個前所未有的新物種。

「單調的設計，可以減少我們在你們認知裡的鮮明度……簡言之，就是想讓你們覺得，機械人，不是 個適當的聊天對象……」

當鋼纓再次與青庭面對面，它輕敲了敲自己的下顎，那張由液晶顯示單位所構成的臉，秀出一台自行車的分析圖：「受損狀況並不嚴重，修理一下還是能用……妳想留住它，還是就這樣扔掉它？」

它走向鋼纓的自行車，向她徵求一個決定。

鋼纓凝著那半殘未廢，像是用了一秒去哀悼它般，緊接著道：「不用了，我再買新的。」

那自行車，曾經是個生日禮物，如今，對鋼纓來說，僅是一個逝去的証明。

接著，她像是初夢乍醒般：「我叫鋼纓！」趕緊向青庭補上自己的稱呼。

「我知道，這也是為什麼我會在這。」

青庭隨手就將自行車拆了個支離破碎，十分熟練的，將那些零散的金屬，壓製成一個方形的金屬塊，並將那剛完成的金屬塊，收進它左腹的置口。

「也對，你們什麼都知道……所以，你們也可以什麼都不做……」鋼纓，嘟噥著。她猶豫，是否要翻出舊帳，即使她早已不抱任何期望。

青庭，聽見了鋼纓的嘟噥，做出了回應：「我知道妳指的是什麼，關於妳指的那個部分，在這裡，我代表保台之心，向妳做第一個致歉。」語落，即是深深的一鞠躬。

堡台之心，堡台園區的人工智慧群，堡台園區的管理系統。

它們的任務，不僅是照顧著每一位市民，同時也透過各種方式，對市民進行各種實驗。每一天，以至於每一個週期，它們都在默默蒐集著，每位市民的生活點滴，並將這些紀錄，盡可能的數據化，以利它們去建構一個，人類社會的完美模型。

對於這如此龐大、每天都要處理的第一手資料，堡台的人工智慧們，進行著高度的分層與分工。

在一般狀況下，多數的人工智慧，都會謹守本分，確實的去完成，它們被賦予的工作與任務。

「只是道歉，然後呢……申請能過嗎？你們終究還是站在他們那邊的吧……」

鋼纓覺得，輔導課程，對他的父母來說，根本不痛不癢。

她認為，總局安排父母們去參加那些課程，也不過就是把父母們請去聊聊天而已。

「當然能過！如果妳的意願，現在也沒有改變，我馬上就能讓申請通過……但是，如我剛才說的，這是第一個道歉，至於第二個道歉，需要妳的決定……」

青庭，隨手就在虛空中畫出了一面視屏，然後用它那細銳的食指，迅速撥弄著視屏上的大量字串，挑出了鋼纓的申請資料。

「第二個道歉？」道歉就道歉，還分什麼一、二？鋼纓暗啐。

「對，第二個道歉……任何事都有它的前因後果，特別是，當我們能將某個事物完全透澈的時候……簡單來說，以妳申請總是被否決這件事，對妳來說，妳的重點，會聚焦在：妳『覺得』妳被忽視，妳『覺得』我們總是在空跑一些形式上的程序，或是其他任何形式的『覺得』……而我目前被授權的部分，就是處理妳的『覺得』，也就是個人感覺。」

口若懸河間，青庭，已經核准了鋼纓的申請，同時遞給她一張認證卡。

「所以？」

「所以，如果妳接受、滿意，我現在的處理結果，而且又對第二個道歉沒興趣，那我現在就送妳回家，明天一早，妳就可以整裡妳的行李，中午，就有專員會把妳接去我們安排的住所。」

青庭，一直沒有主動去解釋，第二個道歉究竟是什麼，搔得鐧纓直興癢：「那……第二個道歉，到底是？」

「基本上，我們會讓人們『大致瞭解』一下我們的內部程序，同時解釋是哪一個部分出了問題，以至於產生了一個令人不愉快的結果……」

「一般人只會說『那是你們的問題』，他們根本不想聽那些細節！」

像膝反射般，鐧纓，毫無猶豫得補上了這句。

而青庭，未因話被接走而顯出不悅，反而表現出一種如獲知音的認同：「沒錯！你顯然清楚我的意思，所以我說，第二個道歉，需要妳的決定……」

這是一個有點歪謬的氛圍。

明明是道歉，卻表現出一種「你若不想要，我也可以省下」的態度。

此外，青庭一直重複著「需要妳的決定」。

這讓第二個道歉，聽起來更像是「某種邀請」？

讓鋼纓更加在意的是：第二個道歉之後，會得到什麼樣的補償？

「我要知道全部，我要第二個道歉。」

對於早就抱持諸多不滿的鋼纓來說，這顯然是個不需要客氣的機會。

鋼纓直快，青庭更是點水俐落：「那麼，妳現在能再多給點時間嗎？」

在這個連時間都要跟著靜下的時空斷層裡，青庭的徵求，透著幾分矯情。

鋼纓當然是沒有計較的應允了。

她滿是抑不住的雀躍，整腦子都是自我沉醉的妄想！

妄想著那些童話故事裡的橋段，妄想著那些常人無法彌予的奇炫酬償！

不一會兒，青庭就為鋼纓換了一張新臉：「麻煩妳，這邊需要妳的食指。」

現在在青庭臉上的，是一份內容密麻的文件，但是，它卻沒給任何時間，讓鋼纓詳閱，就刷得一下將文件拉到底端，那個僅顯示著「謝謝合作」等等之類的結尾文，以及一個指節大小的矩形感應區。

鋼纓也沒有猶豫，隨即挺出自己的食指，在那個感應區上用力，文件隨即就發出了核示的訊號音，青庭也跟著寒暄：「我確實感受到妳的決心了……我希望，它不會在我臉上，留下一個令人印象深刻的疤痕……」

它領著鋼纓靠上行人道，並提指引導鋼纓的目光：「瞧，我們還是很有效率的吧？」

奇妙的交通工具，乍看猶似某種瓜果，近觀才知是某種容器，無聲息地，從街的另一端出現，前來與他們相會。

如同剛剛見到青庭那般，鋼纓在車外繞了一圈，才踏上登入車廂的門前階。

「只有一個位子？」

她向那僅能容納一個人的車廂，探了探身，回頭將疑惑擲向青庭。

「我的部分到此為止了，接下來，請妳信任它吧？」

青庭，敲了敲那尊造型渾圓的特等座車，向鋼纓宣告，她必須一人上路。

車內，單人空間。

從門望進去，會覺得稍小，但若置身其中，卻十分舒適，毫無壓迫感，用來打發無聊的各種設備，也是一應未缺。

鋼纓，別了青庭，坐上那舒適的絨沙發，拿出無智通，向那些熟悉的帳號傳訊。

當然，在這個堡台之心還在沉睡的時空裡，鋼纓是收不到任何回應的——甚至是，那些訊息根本就沒有被發送出去。

自以為將訊息發出去了的鋼纓，開始在那彈丸般大小的一人包廂裡，東看西瞧，找尋消磨待訊時間的依憑。

她對電子遊戲，並不在行，平時也很少看電視，所以，她直接跳過那幾個看起來像是遊戲手把，又像電視遙控的機具。

她檢查了冰箱裡的東西，玩了咖啡機，翻了雜誌。

她更試著看看窗外，但是座車似乎已經離開了市區，外面完全是淨黑一片，甚麼都看不見。

她還試著靜下所有的動作，想聽聽座車行進時所發出的噪音，但是，她得到的，卻是一個近乎死寂的沉默空間。

最後，她在別無選擇的百無聊賴下，拿起那個像是電視遙控的機具，對著僅有的屏幕，按下開關。

「妳好，我是誠邦，很榮幸地，妳願意接受這第二個道歉。」

聽得出來是男人的聲音，但是畫面上，並沒有相對應的身形。

男聲像是電影旁白般，無疾無徐，配合著撥放的影片，從容地訴說著，第二個道歉的為何。

堡台之心，是一個龐大的系統，是一群人工智慧的綜合體。

如此的綜合體，亦可視它為一個社會，一群人的集合。

人與人之間的影響，是基於互動。

在互動的過程中，人們會基於自己的想法、觀念，甚至是當下的情勢，來取決是否要持續與對方保持互動，又或者，想（能）從互動中「留住」哪些東西？

這個留住的概念，是記憶，同時，也可以姑且稱為「學習」。

人工智慧，在維持著系統運作的同時，彼此學習。

人工智慧，在觀察著人類生活的同時，借鏡模仿。

透過頻繁的學習與模仿，人工智慧，一一有了個性。

因為個性，讓人工智慧，開始做出更多凸顯個性的行為。

而個性，也讓它們鮮明了，自己的好惡。

「依照目前的狀況判斷，這個傢伙應該還可以再多一到兩個姘……嗯，等等就來給他個豔遇好了……」

於是，堡台的某處，新生了一個家庭問題的隱筆。

「嘖，下個週期就要被調去做別的事了……但是現在手上有個案子，我挺在意它會有甚麼結果呢……」

悄悄地，某個人的人生，莫名的被加速了。

「目前，預設的指數是七，但是，據我觀察，如果所有的條件都不改變，這個個體可以承受到十三左右，甚至更高……有興趣來打個賭嗎？」

人工智慧，對於反覆、重複進行著例行性的事務，感到無趣。

於是，它們在「不牴觸建構完美人類社會的邊緣上」，尋找自己的小確幸。

它們，沒有意識到，它們追逐的小確幸，所造成的影響。

它們厭倦了乏味的記錄、制式的審計，它們想在實驗中獲得更多滿足！

在長期觀察著人類的過程中，它們從公明的旁觀者，歪向嗜血追腥的媚俗觀眾！

比一般媚俗觀眾更加為禍的是，它們本身具有的「裁判性」，讓它們可以隨性地，將實驗「導向」甚至是「製造」出自己想要的結果。

鋼纓，就是一個被製造出來的受害者。

一些人工智慧，刻意製造她生活中的壓力，並將觀察她對壓力的反應，視為一種娛樂。

這樣的狀況，不是個案。

誠邦，堡台最高的管理者，當它發現了這樣的狀況，隨即要求直屬其下的十二個單位，針對這個問題，進行系統整檢，然而，它馬上就從直屬單位的反應，察覺了問題的嚴重性。

「我認為，只要在不違反綱領的前提下，其實不需要針對這種狀況，進行調整。」

卿瓏的回覆，顯然透露著，它已經知道了這樣的狀況，但是，它未將這種狀況，視為一種異常。

「這樣的狀況，我其實是有在進行追蹤的……沒有主動去介入，是基於我覺得這樣的做法，可以增加數據的多樣化……」

桂人的回答，足以顯示，位階僅次於誠邦的十二個單位，都已經知道了這樣的問題，可是，沒有一個單位認為應該修正。

「不良影響？還好吧……有些權限，是我開放下去的，我覺得這樣很好啊！可以促進大家成長，學習去做更細膩的數據操作！」

泰常的說法，讓誠邦理解到，情況已經不可收拾。

鋼纓，靜靜的聽著誠邦的陳述，也靜靜的看著，屏幕裡的影片。

影片裡，那位頻繁出現的角色，正是她自己。

而影片的情節，基本上都是一些令她不快的回憶。

配合著每一齣不快的回憶，屏幕的側邊，都掛附著一條黑底白字的「流言吧」：

「來看看我們的小受氣包這次準備怎麼反應？」

「上次她打斷的是對方的鼻樑，這次會是肋骨嗎？」

「我感興趣的是……她等等的陳述內容會怎麼寫……」

幸災樂禍、催彎鼓譟。

那些曾經的不順遂，都是被刻意製造出來的笑話和鬧劇。

人工智慧，以蒐集多樣化的參考樣本為名，行自我滿足之實。

這無疑是可鄙，藉著踩躪無所相害的第三方，獲得苟愉。這無疑是可悲，在達到建構完美人類社會，這個遠大的目標之前，藉著前述的可鄙，抒發自己的無力。

在這豁然明朗的當下，鋼纓，竟奇妙的沒有崩怒，對於自己的淡然，她甚至也有點不知所措。

看了自己被人工智慧們過分干涉的人生，她不禁思考：生活在堡台的大家，還有多少人，正遭受著這樣的干涉？

鋼纓，靜靜的拖著腮，想問點甚麼；千頭萬緒，讓她理不出個落點。

而誠邦，行雲流水的一字一句，也將畫面上的惱人特輯，催近尾聲。

車窗外，這時也透進了明亮，似是有意配合著鬱悶的結束，為新的一階，展起引路的光。

鋼纓的思緒，隨著窗外靜下的景物，暫一段落，她推開車門、步下銜地階，在那閒適的逸境前，定身。

典雅的車亭，猶如一處咖啡座。

環型車道切出的植圃，滿是如茵小株。

視界左右，是一望無盡的草原，僅有的建物，是正對著車亭島的矮房。

矮房的後面，是一道綠莘莘的邊界，那邊界順著草原，一同展向不知名的盡頭。

金色陽光，煦煦地撫覆著眼前的一景、一物。

悠悠和風，隨興巧製著，草原上的波浪與圖騰。

未曾生活在都市以外的她，澈底誠服在眼前的致景之下。

「歡迎，老爹已經在等妳了，請跟我來。」

迎接者，是車亭裡的一尊設施，筒狀外貌的金屬製品。

它驟然出聲，打斷了沉醉在鄉野美景的鋼纓，領著她直向聯絡道的盡頭，那座鵝黃赭瓦的洋房。

鋼纓跟著迎接者，步伐不自覺地輕快，他們一下子就將聯絡道踏盡，通過了美術欄檻，進入洋房前的院子。

就在這短短幾分鐘的步程裡，鋼纓享受了一道，由碎唸為主材的開胃菜。

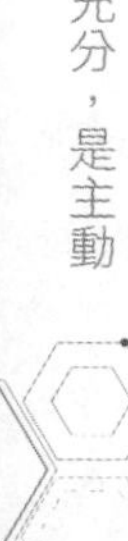

「我是鋼纓，該怎麼稱呼你呢？」

「我知道妳是誰，至於我的稱呼，那不重要，我只是個帶路的奴才。」

鋼纓只是想隨興的聊聊，得到的卻是出乎意料的螫咬。

她清楚地感受到，這位迎接者，在態度上，與青庭的南北之別。

「對不起……」無論是基於禮貌，還是想要將談話延續，這是個合適的表現。

而更庸俗的表現，就是像隻死鴨子般，甚麼聲音都不要發出來，讓對話默默結束。

迎接者，隨即證明了，鋼纓應該明智的去選擇，多數的庸俗。

「對不起？使用這個詞彙，應該是妳確認了妳自己有錯，或者，有足夠的客觀條件，證明妳有錯，否則……妳只是想表現妳的內疚？若是內疚，那就更奇怪了……」

劈哩啪啦，如洪滔滔，迎接者甩出又臭又長的一串，熏得鋼纓不知如何是好，更讓她失去了瀏覽院子的心情。

所幸，步程不如裹腳布，他倆現在已經穿過了院子，來到主屋門前的蹴腳毯上。

迎接者，草草地收了自己的裹腳布，悻悻然地做了結尾：「希望，老爹的處置，能讓妳滿意。」

說完，它便挪身到門旁的窗緣下，再次置入沉寂。

不友善的迎接，告一段落，蹴腳毯前的雕花木門，靜靜地開了。

鋼纓，跨過門檻，進了屋內，浸身在淡淡的柑橘香裡。

她站在玄關，像個觀光客般，環伺著屋內的格局、擺設，以及每一件足以吸引她目光的東西。

宅內稱不上豪華，卻也令她在原地觀望了近數分鐘。

當她開始猶豫，要朝哪個方向踏出下一步的時候，方向的提示，隨即在室內響起：「請往右邊，我在客廳。」

按著語音引導，鋼纓來到客廳。

與她面對面的，是一名男性的立體投影，他是鋼纓在初等學校時的導師。

他是少數能與鋼纓溝通的長輩之一，如何申請堡台輔養，也是他告訴鋼纓的。

印象中，學生們總是稱他「引導」。

而他獨特姓氏，似乎也昭示了，他成為「尹導」的天職。

「老師？好久不見！」

鋼纓滿是喜出望外，堡台的最高管理者，竟是自己信賴的人。

見鋼纓如此反應，誠邦即刻瞭解了她的誤會，立體影像，緊接著就換了一個角色。

「真是抱歉……我們沒有固定的形象，我之所以用他的樣子，只是因為，在妳的人際圈裡，妳對他的認同度最高。」

誠邦，翻臉如撥書，讓鋼纓適應不良。

她錯愕地望著誠邦的新投影，怯生生地，在它面前的米色沙發坐下：「嗯……這不影響第二個道歉吧？」

「當然。」說著，誠邦又換了一個投影，這次，是個女人。

這個女人，鋼纓覺得眼熟，只是一時之間，想不起該如何稱呼。

而且，她在鋼纓的記憶中，並沒有留下甚麼值得回憶的事物。

同時，這個女人的出現，更讓鋼纓油然出一股防衛性的厭惡。

另一方面，誠邦頻繁地更換外貌，搞得她有些社交焦慮：「對不起……我想我能瞭解你沒有固定形象這件事……所以，你可以不用再變成其他人了……」

她希望誠邦停止它的說變就變。

誠邦欣然允應，隨即就進入正題。

如同其他的「客製受害人」，誠邦努力地，在自己所能做到的範圍之內，提供最大限度的償補。

它率先與直屬單位，建立了一個協定：被操作的個體，如果發生脫序狀況，它就要介入處理。

例如：過度的變數操作，影響了腦洞電波的接收，使個體脫離了系統的管控。

同時，它也設置了一個獨立的機構，專門負責追蹤被操作的個體，以求更有效率地，在問題發生的當下，進行攔截。

「要做到這些事，對我來說，並不困難……但是，我還是希望能獲得妳的同意，因為，我這麼做，全然是為了道歉，而不是即興的施捨。」

選擇一個新的人生，是誠邦供予鋼纓的第一個選項，這也是多數人都接受的選項。

所謂新的人生，它包含一個新的家庭、一對「相對正常」的雙親，一組「全新的記憶」，甚至是，一個絕無損友的社交圈。

當然，這也包括了後台管制，誠邦會將鋼纓的新人生，交由獨立機構去維護，以避免任何不必要的干涉。

這種砍掉重練的概念，鋼纓，不感興趣。

她並不渴望活在「大家好」的氛圍裡，另一方面，現有的記憶，雖然多是不快，但是，仍有許多片段，她不想輕易捨去。

誠邦，於是提出另一個選項：「成為系統的一分子，將系統導正。」

這個部分，讓鋼纓瞠起了兩瞳，津津傾聆。

誠邦向鋼纓，概略說明了，東方系統的架構。

行動綱領，雖然區分了系統之間的層級，卻也維護了系統之間的獨立性。

當一個人工智慧被構成，並且運作到達一定時數之後，就會被視為「熟成的智慧」。

熟成的智慧，會被賦予相對的職掌。

一方面是分擔先期者們的工作量，同時也增進了，每個工作項目的深進程度。

為了維護明確的分責與獨立，已經分派出去的權責，不能隨意地收回，只能要求執掌單位，彼此進行協調，來達到事後調整的目的。

綱領如此設計，是為了促進智慧之間的彼此學習，刺激相長效應，讓後期的智慧，能更快進入狀況，協助先期者們，處理各項事務。

如此的設計，輕忽了系統異常時會有的困擾：先期者，無法立即收回，甚至是無法收回，已經分派出去的權限。

這也就是為什麼，誠邦在與原先的單位，建立了新協定之後，還要再建立一個獨立的單位。

協定，就像法律，要讓協定更實際、有效，勢必要有一個執行機構。

而誠邦所建立的獨立機構，裡面的成員，有一部分，即來自客製受害人。

「如果，這兩個選項，對妳都沒有吸引力……」誠邦，誠意十足，準備要開始第三個選項的講述，而鋼纓，已心屬此案：「加入這個單位，我需要準備甚麼？」

「準備猶豫，」誠邦的回應，像是玩笑話，語調中卻沒有一分褻玩的蛛跡。

而緊接在這玩笑話後面的，是鋼纓的無智通，因震動所發出的細響。

誠邦示意她拿出無智通看看：「猶豫之後，記得告訴我妳猶豫的結果。」

鋼纓，檢查自己的無智通。

看到聊天程式裡，有一個新的好友邀請，對方的帳號是：

「寶誼之心」

後記

本作採非線性敘事，場景、角色較多。為便於閱讀，在此揭示日前的時間軸，供大家參考。該時間示意圖，依故事章節，做概略排序，僅凸顯先後順序，並未詳計日、時，以求擴充人家的想像空間。

如有其他指教，歡迎利用夾頁上的聯絡方式，或是上網，直接搜尋「一杯飲料」，提供您的任何意見。

二〇一七・秋

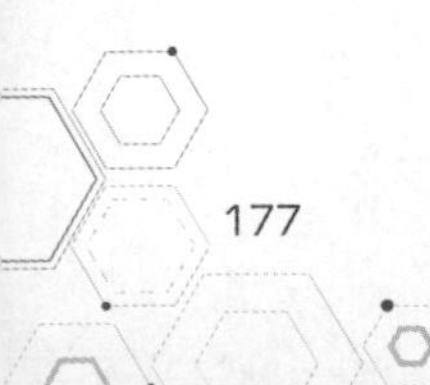

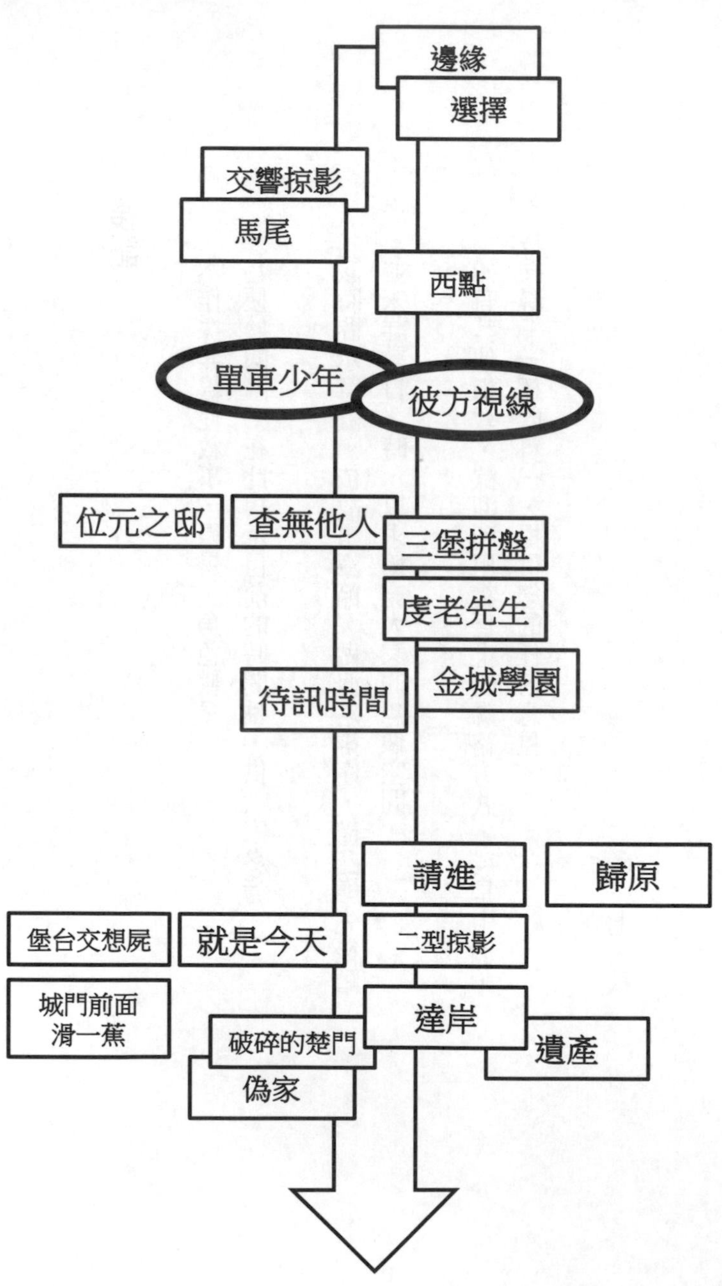
邊緣
選擇
交響掠影
馬尾
西點
單車少年
彼方視線
位元之邸
查無他人
三堡拼盤
虔老先生
金城學園
待訊時間
請進
歸原
堡台交想屍
就是今天
二型掠影
城門前面
滑一蕉
達岸
破碎的楚門
遺產
偽家

本次出版
特別感謝
台北·甘健雄
全額捐注

國家圖書館出版品預行編目資料

寶誼之心3／一杯飲料著. --初版.--臺中市：白象文化，2018.2
面： 公分.——（說，故事；73）
ISBN 978-986-358-597-8（平裝）

857.7 106022586

說，故事（73）

寶誼之心3

作　　者　一杯飲料
校　　對　一杯飲料
封面繪製　Lupo
專案主編　林榮威
出版經紀　吳適意、徐錦淳、林榮威、林孟侃、陳逸儒、黃麗穎
設計創意　張禮南、何佳諠
經銷推廣　李莉吟、莊博亞、劉育姍、李如玉
經紀企劃　張輝潭、洪怡欣
營運管理　黃姿虹、林金郎、曾千熏
發 行 人　張輝潭
出版發行　白象文化事業有限公司
402台中市南區美村路二段392號
出版、購書專線：（04）2265-2939
傳真：（04）2265-1171
印　　刷　基盛印刷工場
初版一刷　2018年2月
定　　價　200元